お変わりありませんか

大吉訓代

高城書房

お変わりありませんか※目　次

七　ここだけの話 189

一　僕たちの本

夏のいちばん長い日

図書館勤めを辞めて久しいが、晩夏になると「採集物記名会」の情景が鮮やかによみがえる。地方の図書館が大混乱するのは決まって新学期直前だった。

子どもたちが海や野山で採集した貝殻や植物や昆虫をハンカチや小箱に入れて、名前を調べてもらおうとやってくるのである。私たちは図鑑を出して懸命に対応するのだが、順番を待つ子は続々と増え、とてもさばききれるものではなかった。

そこである年、改革を試みた。

会場として近くの小学校の講堂を借り、市内の理科の先生方に一日指導員を引き受けてもらった。これで何百人押し寄せようと大丈夫。私たちはポスターを作った。絵のうまい者が巻貝の絵をかき、毛筆の得意な者が「昆虫・貝殻・植物記名会」と大書し、場所と日時を明記する。私は当時ただ一人自家用車を持っていた同僚と、仕上がったポスターを駅や銭湯など人の集まりそうな所に貼って回った。

当日、会場に繰り広げられた光景の何とすばらしかったこと。講堂いっぱいに座り込んだ子どもたちは、図書館から持ち出された「禁帯出」の図鑑や、各校の理科室から持ち寄られた標本をのぞき込み、高校生の理科部員たちを相談役にして自分で採集物の名を探している。調べ終わってから専門の先生に見てもらう自立方式が、子どもを生き生きとさせていた。

毎年同じ巻き貝のポスターで時機到来を告げる記名会はすっかり定着し、遠い町からの参加者も増えていったのだが、のちに教育委員会へと管轄が移行された。それからはより合理的に機能的になっていったのだろう。

けれど、予算を申請するなどというすべも知らず、若い情熱にまかせて、無償の行為に周囲まで巻き込んだ自分たちの無謀さも、長い一日を快く割いてくれた人々の笑顔も、今では生涯の宝のように思われるのである。

南日本新聞「思うこと」

スロッパ

昭和三十年代は、一般的には長い間自分たちを押さえつけていたものから解放されて自由に生きられた時代であったが、農村地方ではまだ旧弊な考えが頑固に根を張っていた。

読書をする女は特別な目で見られ、雑誌など見るおなごは畑仕事を嫌っていると決めつけられ、「スロッパ（怠け者）のすること」「おっかさんは学者《がっしゃ》さあ」などと皮肉を言われたのである。ことに本好きのヨメは、姑や周囲の視線のなかで身の縮む思いをしながら、それでも、野良着の下に隠し持って出た本を畑でのお茶の時間にそっと読むのだった。

そんな三十歳代の妻たちサツエさんとノブ子さんが、初めて本を借りた日のことを、図書館に勤めていた私は今も覚えている。

秋の夕方、人影のなくなった閉館間際、野良着に地下足袋、手ぬぐいを姉さんかぶりにした女性が二人「あのう、今からでもよすごあんそかい」と遠慮がちに玄関に立った。「どうぞどうぞ」と言うと、自分たちにも本を貸してくれるかと聞く。「勿論ですよ」私は貸し出しの決まりや借り方を説明した。二人は借りた本をかぶっていた手ぬぐいで大切に包み、夕闇迫る道を急いで帰っていった。

こうして彼女たちは、一日の農作業を終えて家路につく途中、〈道草〉を繰り返すようになった。閉館時間はしばしば滞り、従って後始末が延びて帰宅時間が遅くなる館員は不機嫌になりがちだったので、私は時々彼らに素うどんをおごって堪忍してもらった。

二人の読書の対象は小説のみならず、花や果実の新しい栽培法や市場出荷法の本など幅が広かったから、やがて彼女たちは培った知識をもとにアイリス栽培を始め、他の農家の指導もするようになった。

農村で女の自由な読書が認知されるまでには、先駆者たちのこのような日々があったのである。

南日本新聞「思うこと」

お金には名前が書いてない

長い間勤めた図書館を退職してから、Sさんと会う機会がなくなった。懐かしくなって電話をかけてみると、「んだもしたん、おまんさあな」。相変わらず張りのある声が返ってきた。

Sさんはお姉さんと二人で、若いころからイモ飴づくりをして生計を立ててきた。売りさばくのはSさんの役目、八インチの自転車に乗って指宿の市街地まで行商に来ていた。夏は早く売り終わらないと飴が溶け出す。彼女は一度にたくさん買ってくれそうな所を先に回り、残り一袋か二袋になると安心して私の勤める図書館に立ち寄るのだった。

だがある朝、開館して間もない時刻に彼女はやって来た。お寺に持っていったら本山に送るのだと全部買ってくれた。今日は一日中図書館で過ごせる、と大変な喜びよう。お金には名前が書いてないから、百軒売り歩いた顔で夕方帰ればいいのだ、と傑作なことを言うので、私は笑いをこらえるのに苦労した。

彼女の父は大分竹田の仏師の家に生まれたという。家業を嫌った彼は菓子職人となり、指宿にたどり着いて寺の門前で菓子屋を開いたが、娘たちが小学校を卒業する前に倒産の憂き目にあい、不遇のまま亡くなった。

そんなルーツがあるせいか、彼女はよく美術全集を開いていた。とりわけ仏像の収録された美術書を好み、宗教双書に興味を持ち、館内の仏教関係の資料にも精通するようになった。

程よい柔らかさのイモ飴は、年々評判を上げ注文も多かったが、数年前、体力が残っているうちにと、Sさんは生業の看板を下ろし、今は地域のお年寄りの世話をして日を送っている。

お年寄りの話し相手になったり、相談に乗ったりする時、彼女の長年の知の蓄積は存分に生かされるだろう。七十歳を越した今も、図書館通いは続けているようである。

南日本新聞「思うこと」

ニワトリさん、また来月ね

図書館は本を読みたい人がやってくるのを待っているだけでいいのだろうか。読みたくても来られない人に読むチャンスを作り、読む喜びを知らない人の関心を呼び覚ますのも大切な仕事ではないだろうか。

私がそんなことを考え始めたのは昭和四十年前後、親子読書運動が盛り上がってきた頃だった。思い悩んだのち、遠隔地に委託配本所を設ければいいのだと気がついた。折も折、新永吉という集落のＰＴＡ役員をしているＮさんが、何とかして子どもに本を読ませたいと、図書館に申し入れて来たのである。

新永吉は、池田湖東部にある清見岳の中腹に位置し、校区の学校からも遠ければ、図書館からは何処の地域よりも遠い。その上三十戸足らずの家々は、農閑期には隣町の建設現場へ働きに出る兼業農家で、大人は皆朝早く出掛けて夜遅く帰る生活を送っている。構ってやれない子どもたちに、せめて本を与えたいというＮさんの言葉は切実だった。私は新永吉を含め数カ所に配本所を設け、月に一度本を取り換えに行くようになった。

そのころは市役所の公用車は八人乗りのワゴン車が一台きり。市長も使えば各課も使う。図書館がようやく借りた日に、市長が公用で便乗する時もあった。

ある日、長い一本の野道を歩いている老農婦を見かけた。市長が乗せてあげなさいと言う。「おばさん、乗ってください」と言うと、頭にかぶっているタオルを取り、わら草履を脱いで乗って来た。

時にはそんな乗客を拾いながら通った山深い新永吉地区は昼間、人の気配はなく、配本所になっているNさん宅でも、ニワトリが留守番をしているだけ。数年間一度も人に会わなかったけれど、よく読まれた証拠の残されている本を見るとうれしくなり、ニワトリに挨拶をしたくなったものである。

南日本新聞「思うこと」

苦労をありがとう

指宿市立図書館が旧館だったころ、すぐ近くの小学校の子どもたちが放課後、毎日のようにやって来ていた。

旧館は倉庫と間違えられそうに殺風景な平屋建てで、むろん、児童図書室などはなかった。それだけに私たち職員は、一般用の書架や、閲覧机の並ぶワンルームの奥の児童図書の領分には工夫をこらし、畳敷きのスペースを作り、食卓風のテーブルを置き、落書きや、手袋人形遊びのコーナーを設けるなど、楽しい空間の演出を心掛けていた。

子どもたちはランドセルを下ろすと腹ばったり寝転んだり、貸し出しカードを作ると、そこに居る資格があると安心するのか、すっかりくつろいで過ごすのだった。くつろぎすぎて、日の短い冬の夕方など「もう帰らないとおうちで心配してるよ」と促しても帰ろうとしない。

春休みや夏休みは幼い子も交えて入り浸っている。そんなことから私たちは、半数が母親の働いている家庭の子ではないかと察知するようになった。学童保育などない時代のこと、思えば図書館ほど安全でためになる託児所はなかったのである。

子どもたちは私に甘え、一般客がまばらになってこっちの手が空いたと見て取ると、貸し出しカウンターに押しかけてきておしゃべりをするようになった。厄介だし、館員として逸脱行為でもあろうが、聞いてやらないわけにはいかない。

叱られたことに抵抗してじいちゃんの入れ歯を隠した話、兄ちゃんの寝小便や父さんと母さんのけんかの話など、狭い世間のことだから、聞いているうちおおかたどこの子か分かってしまう。おかげで私の胸は守るべきかわいらしい秘密ではちきれそうだった。

私には腹を痛めた子はないが、『苦労をかけられて深まるもの』を実感させてくれた子どもはたくさんいるのである。

南日本新聞「思うこと」

名コンビ

私がまだ若かったころ、勤め先の図書館に郷土史の本を読みに来る人たちがいた。その人たちは難しい本ばかり読んでいるから、こちらを振り向く表情が硬く、その顔で資料不備のおしかりを受けると身がすくんだ。

魚見地区の公民館長だったS氏は特に厳しい人だった。

もともと弱小だった上に、戦時中は顧みられず、戦後は間借りしながら転々としているローカル図書館であれば、資料の不備は仕方がないのである。だが私たちが、おしかりを契機に郷土資料収集のための史跡探訪を企画し、恐る恐る相談を持ちかけると、郷土史に関心のある人たちが子どものように喜んだ。S氏はさっそく史跡に詳しい古老や高校教師、新聞記者、写真館の主人、各校区公民館長、自家用車提供者、建設会社社長など実働上有益と思われる人々をリストアップし、それぞれの人に趣旨を説いて了解を取ってくれたのである。

私たちは毎月古い屋敷の隅の祠（ほこら）や、やぶに埋もれている石碑などを訪ね、古老の話を聞きながら先祖の足跡をたどった。メンバーはそれぞれの分野で実力を発揮し、貴重な資料が集積されていったが、その中で一向に出番のないのが建設会社社長だった。

ある月、かつて指宿氏の居城跡だったという松尾崎神社を探訪した。社長は気乗りがしなかったらしいが、S氏から「今日はあんたを連れて行くように神のお告げがあった」と大まじめで誘われて渋々参加していた。

ところが見る影もなく朽ち果てた神社を見て回った社長は、はたと気が付いたように「お告げの意味がわかった。神は私に再建を命じられたのだ」と、修復工事の寄進を申し出たのである。騙すふり、騙されるふり、息もぴったりの二人の腹芸であった。

多くの郷土愛に恵まれて、ふるさとの史跡や資料は整っていったのである。

南日本新聞「思うこと」

僕たちの本

図書館を閉鎖して、私たち職員が新館への移転準備を始めたのは四月だった。いつもの年なら、新学期の子どもたちが目と鼻の先にある小学校からの帰りに押し寄せる時期である。今日は急ぐから本は借りないと言いに来る子、水だけ飲みに来る子、新入生を連れて来る子、それはにぎやかなものだった。

新館は汽車で一駅離れた別の校区に間もなく完成する。準備作業をする私たちも寂しかったが、子どもたちにとっても、行きつけの場が無くなることは一大事だったのだろう。

玄関の閉館公示を大声で拾い読みしては、今日も閉まっていると言いながら、すごすごと帰って行く様子だったが、通りに面した窓を開けていた日、子どもたちは一斉にそこからのぞき込んで、荷造りをしている私たちに向かって、「何をしているの」「その本を何処へ持っていくの」「僕たちの本をどうするの」と騒ぎだした。それから毎日やってきては同じ言葉を繰り返し、子どもの本のいくらかは公民館の図書室に残すからと約束しても、全部持っていけと開き直ったりした。

私は胸がいっぱいになった。この子らは館の移転そのものは理解している。だがそれに伴って起きる現実を受け入れかねているのだ。

〈学校帰りの楽しみがなくなる。おばちゃんにも会えなくなる。どうしたらいいの〉

嫌がらせとも見える言動は、いわば受容とあきらめのためのけじめだったのである。

私は、やがて自由になる日がきたらこの子たちのところへ帰ってこようと心に誓った。

図書館を退職した私が、自分の住む地区でなく、わざわざ離れた地域に「おはなし会」を作り、童話や民話の語り聞かせに通っているのは、そこが旧図書館のあった誓いの地だからである。あの子らはもういないけれど。

南日本新聞「思うこと」

心は爽やか

小さいころの記憶には足の治療が付きまとっている。走るな、遠くへ行くな、重い物を持つな、という禁令を破って、ついハメを外すと、後で必ず痛みに襲われた。そして病院へ。その繰り返しだった。女学校に入学しても運動会や徒歩遠足は皆についていけない。友達の健康さがうらやましくもあったが、一番の気掛かりは卒業後の身の振り方だった。

けれど幸いにも、戦後の就職難の時代に、私は図書館に採用されたのである。感謝の念も一入で、いちずに仕事に励んだ。思ったより立ち仕事が多く、書籍という持ち重りのするものが相手なので、足腰への負担は予想以上にかかったが、館内業務はもとより、外部での研修にも積極的に参加した。

左足に激痛が続き、休職やむなきに至ったのは二十代半ばだった。将来への不安は極まった。だが手術の後、機能が回復するにつれ両足のバランスがとれ、痛みも不自由さも薄れて、私は職場復帰を果たしたのである。

図書館は年々業務の幅を広げていた。私は特に、遠隔地に配本所を設け、読書の喜びを分かち合う仕事に情熱を傾けた。書架から選んだ本を木箱に詰めて配本所へ届け、返却本を持ち帰って書架に納める。車の通らない狭い道は箱を抱えて歩くのである。医者の警告を忘れたわけではなかったが、夢中だった。

報いは十数年後、もう片方の足に現れた。それは次第に程度を深め、いつしか外出時の杖を離せなくなってしまったのである。

私はあのころの無謀を悔いてはいない。不自由な足でも杖があれば歩ける。それよりも信念を持って従事した仕事に、精一杯の力を尽くさなかったとしたら、今をこんなふうに心爽やかには歩けなかっただろうと思うのである。

ありがとう、温かく支えてくださった人々。いままで持ちこたえてくれた私の足。

南日本新聞「思うこと」

二　原っぱ

おはなし

「安珍・清姫」の話を聞いたのは六、七歳のころだった。

幼児期を神戸で育った私は、事情あって家族から一人離れて、小学校に上がる前から指宿の祖母の所で暮らすことになった。

初めて会った祖母の言葉は生粋の鹿児島弁だったから、話しかけられても容易にわからなかった。そのころ女学生だった叔母たちの通訳が必要だった。

通訳が女学校から帰って来るまでショボンとしている私に、それでも祖母は「おはなし」をしてくれた。その祖母のおはなしが安珍・清姫だったのだ。雨で畑仕事のできない日など野良着の繕いをしながら、「あんちんさまよあんちんさまよ」と清姫が安珍を訪ね歩くくだりを哀調をこめて語る。石臼をゆっくり回し話すときの祖母は、自分も陶酔して、私の存在を忘れる気配すらあった。

大人の恋物語が、固有名詞以外すべて方言で語られたのだから、話はかいもく通じてこなかったが、繰り返し聞くうちに、言葉のリズムや語り口に親しみをおぼえ、なんとなく甘く温かいものを感じるようになった。そして、物語の世界の面白さや魅力を察知したのである。

小学校に入ると間もなく、クラスに転入してきた子と仲良しになった。彼女の家には本がたくさんあったから、学校から帰るとカバンを放り出して日参した。当時は本を持っている人はめったにいなかったので、宝物を見つけたようで毎日が楽しく、時間がたつのも忘れて読みふけり、日が沈みかけるころ、読みさしの所にそっと印をして立ち上がる。

夕闇迫る野道を一人急いで家に帰ると、祖母の小言が待っていた。「あんちんさま」は、いつのまにかお説教にとって代わられてしまい、その上おやつは抜きで叱られることが度々だったが、心の中が満腹だったから、いっこうに応えなかった。

年若い叔母たちの「女学生の友」や、「主婦の友」の吉屋信子や菊池寛、西條八十の連載小説を隠れて読んでは主人公の気分になって、美しいものへのあこがれを持つようになったのはもう少し後だったか。四年生になった時「ジャン・バルジャン」を貸してくれた遠縁のおねえさんのことは今でも忘れられない。

それにしても、明治十一年生まれの祖母はどうして和歌山県の日高郡に伝わる熊野山伏の話を知っていたのだろうか。よくぞ語ってくれたものである。

あれから五十数年の歳月が流れ、私はあのころの祖母と同じ年齢になった。子どものいない私は数人の仲間と、おはなしおばさんになって、地域の子どもたちに、公民館で毎月絵本を読み聞かせたり、おはなしを聞かせたりしている。集まってくる子どもたちの目が輝いているのを見るのが、今の私のよろこびである。まだ私の話が理解できない子にも、お母さんの腕のなかの幼児にも、聞いてもらいたくて私は語る。内容の伝達度がどんなに低かろうと、話し聞かせるそのことに意義があると信じているから。

南日本新聞「書斎の窓」

原っぱ

私は物心ついた頃には下半身ギブスをはめられて、病院に行かない日は父親手作りの椅子に固定され、いつも窓から身を乗り出すようにして外を眺めて過ごしていた。

昼過ぎには兄二人が学校から帰って来て賑やかにはなるのだが、いつの間にか居なくなってしまうのが常だった。

当時私たち一家は横浜の郊外に住んでいた。私の三、四歳の頃である。

道路を隔てた向かい側には広い原っぱがあって、そこは大勢の子ども達の遊び場になっていた。学校から帰って来た子ども達は、野球のバットやグローブを抱えて、あるいはメンコやビー玉を持って集まり、それぞれのゲームが始まる。相撲なのかケンカなのかわからない取っ組み合いもよくあった。皆、好きな所に加わって夕暮れまで遊んでいた。

そんなある日、長兄が玄関を駆け上がって来て、急いで別室から蓄音機を運んで来たかと思うと、一枚の童謡をかけて出て行った。「おもちゃのマーチ」の童謡は二番までしかなくて、終わるのは早かった。

空回りのレコードをしばらく見ていたが、「ウタが出てこないよー」と大声で言いながら窓から原っぱに向かって合図していると、漸く気づいた長兄が走ってきて裏面をかけて出て行った。

小さなレコードの童謡は原っぱの一ゲームの途中で切れてしまう。長兄はその度に遊びを中断して、レコードの掛け替えに走ってこなければならなかったのである。時には一曲だけかけて後はきてくれない日もあった。度々抜け出すのは皆に迷惑がかかるし、それなりの葛藤があったのだろう。そこで考えたのがＬＰ盤である。これなら時間が保てる。いいことを思いついたとばかり、その方針に切り替えてしまった。

私は面白くない曲、中でも尺八の演奏は大嫌いで、そんな時は以前のように外を眺めていた。大人の曲ながら気に入ったときはおとなしくしており、窓から顔を出さないことがわかった長兄は、ついには一枚の同じＬＰだけをかけるようになってしまった。そして、歌詞の意味は何もわからないながら、四歳にして覚え込んで口ずさんでいた歌…それが、グノーのセレナード「愛の調べ」だと知ったのは女学校を卒業してからだった。

原っぱには紙芝居のおじさんが来る日があった。最初の頃は、はるか向こうで演じていたが、いつからか窓辺に近い原っぱの端まで来て演じてくれるようになった。道路のすぐ向こうながら絵はよくわからなかったけれど、大熱演の声のおかげで場面が手にとるように想像できた。紙芝居が好きになったのはこの頃だろうか。

六歳になったとき、やっとギブスが外されて、一人だけ指宿の母の実家に預けられることになった。私の足には温泉治療が必要と判断されたのである。以来私はずっと祖母のところから女学校まで通った。

その後長兄は、指宿に移り住むことになった家族と離れて、神戸の旧制中学に入学した。しかし病気の父親からの仕送りが途絶えて、やむなく中途退学して指宿に戻されて来た。長兄にしてみれば指宿はふるさとでも何でもなく、初めての異郷の地は、言葉や土地柄の違いもあり、心身ともに疲れてしまったのだろう、入院生活を経てかえらぬ人となった。

私は今、地域の子ども達に絵本の読み聞かせや、紙芝居をしてボランティア活動にかかわっている。子ども達の輝いた顔を見ながら声をはりあげて読んでいると、遠い日の紙芝居のおじさんの姿や、原っぱから何度も駆け寄って来ては体の不自由な私を思いやってくれた長兄の姿が、突然脳裏に浮かんできて、声がぐっと詰まりそうになる時がある。

一緒に住んだ期間はあまりにも短く、亡くなってからの方が何倍も長くなっているが、妹思いの長兄だっただけに、その分の幸せを私にくれたのではないかと思えるような日々を、私は今過ごしている。

親にも兄弟にも縁の薄かった幻のような人だったが、指宿の墓地に両親と一緒に眠っている。

「流域」

私の神戸

一月十七日は今年も寒い日だった。朝からこたつに入ったまま、新聞に目を通しただけで昼になってしまった。

ニュースを見ようとテレビのスイッチを入れると、阪神淡路大震災犠牲者の合同追悼式が、兵庫県公会堂で行われているところだった。

新聞には六千三百八人の命日だと書いてある。紙上の写真は、若い父親が幼い子どもを抱いて祭壇の前で合掌している姿が大きく写っていて傷ましい。亡くなった人はこの幼子の母親なのだろうか。

幸せな生活が一瞬にして崩れ、家を、家族を、職を失ってしまった。一年が経過した今でも十万人もの人が住まいが定まらず、仮の宿で不自由な暮らしを続けているという。

幼児期（五、六歳）を神戸で過ごした私は複雑な思いで、当初から新聞記事を見落とすことなく読み、テレビも見てきた。

長田とか名倉とか高取とかは懐かしい地名や学校名や山の名である。

その頃、隣にヒデ子ちゃんという幼友達がいた。就学年齢までは未だ間がある私達はいつも二人で遊んでいた。

彼女には大きいお兄さん達が何人もいて、たまに皆揃う日があると、夏の夜など毎日のように、夕食がすんでから道端に縁台を持ち出して夕涼みが始まるのだった。ヒデ子ちゃんが呼びに来ると、長兄とうちわを持って出て行くのが楽しみの一つだった。

会社に勤めている一番大きいお兄さん、他所に住み込みで働いていて時々帰ってくる優しいお兄さん、学生服を着ていたお兄さん、その人達が代わる代わるおはなしをしてくれるのだった。

コワイおはなしの時には二人とも目をつむって両手で耳をふさぐ。オナラがでてくる臭いおはなしには鼻をつまんで口も閉じていた。お兄さん達のおはなしは荒っぽくて、すまして聞くシロモノではなく、美しいお姫様の話は一向に出てこなかった。それでも結構面白かった。

何のおはなしだったのか、お兄さん達のその時その時の作り話だったのか、中身は何も覚えていない。

キャッキャッ騒ぎながら聞いていた私達二人の様子を面白がっていたのは、あのお兄さん達のほうだったのかもしれない。

それから間もなく私は指宿の祖母のところで暮らすことになったので、ヒデ子ちゃんとはそれっきりになった。

あれから随分長い年月が過ぎた。

その間神戸は、数十年の間に色々な災害に襲われてきた。昭和十三年七月の阪神大水害、二十年三月から六月にかけて太平洋戦争による三回もの大空襲、それで街は焼け野が原となって終戦。復興に立ち上がりかけた二十五年七月のシェーン台風、そして昨年一月の大震災である。

港町神戸は平清盛の開港によって貿易のまちとして栄えてきた。私の住んだあの頃も街には異人さん（当時は外国の人をそう呼んでいた）が多く、山手には形の変わった洋館が建っていた。須磨の海水浴場はただ人が多かったことだけ覚えている。山手の大きな洋館は昨年の震災では無事だったのだろうか。

突然田舎の生活に変わってしまって、そこから神戸を偲ぶ気持ちは長い間温存してきたが、その想いは誰にも話したことはなかった。私の知っている神戸は、影も形も消えてしまったと思うけれど、人も街も、あの頃のままの姿でソッとしまっておきたい。

神戸は今も私の中で佇んでいる。

「流域」

先生の手巻きずし

新緑の香りを含んだ風が、農村地帯を駆け抜ける夕方のほんのひと時、突然、「修学旅行生は無事霧島に到着し、一同元気でいるとの電話がありました」と、公民館から甲高いスピーカーの音。旅行先からの報告である。こんな時季だったのだろう、私にも修学旅行の思い出がある。

クラスメートの殆どが汽車に乗るのは初めてで、それに加えてみんなで一緒に過ごせることが嬉しくてならない。そんな中、楽しいことの一つに、小学校四年、五年と持ち上がりの担任であったM先生との再会も含まれていた。

「修学旅行のときにぜひお会いしましょう」と言って国分の小学校に転任されたのだが、当日は日曜日でもない上に授業時間でもある。しかし、もしや、という期待があった。

各駅停車の蒸気機関車で二月田駅を出発し、鹿児島駅で日豊線に乗り換えると、やがて「こくぶー、こくぶー」と、のどかな駅員の声がして列車はホームに入った。するとそこに、今駆けつけて来たらしい荒い息づかいで、大きな風呂敷包みをかかえて立っている背の高い女の人を見つけて、私たちは歓声を挙げた。

M先生は汽車の窓から風呂敷包みを放り込み、「子ドンのシには自習をさせて、やっと間に合《お》もした」とホームを行ったり来たりしながら一人一人に声をかけて名残を惜しんだ。間もなく列車は発車し、生徒たちは「サヨウナラ、サヨウナラ」と叫びながら、先生の姿が見えなくなってもハンカチを振りつづけて、霧島へと向かったのだった。

宿についてから包みを開けて驚いた。大変な数の巻きずしである。

当時遠足の弁当といえばサネンの葉に包んだおにぎりで、巻きずしは手の届かない代物だった。私たちが喜々としてほおばったことはもちろんである。

外食産業が進んでいる昨今、スーパーに行けばパック入りで何でも手に入り、畑に作付けすることも料理することも省略されて、食堂に行けばメニューは豊富、出前という手もある。しかも子どもの頃から学校では学校給食という統一された食事もあって、手がかからない。

国分平野の自作米で、修学旅行でやって来る初任地のすべての教え子たちに「今朝早く起きて母と二人で巻っもしたとォ」と言われたM先生。先生のあのときの言葉は四十数年経た今でも、手巻きずしの温かい甘酢っぱい味と重なって、五月の若葉のように鮮やかに私の心の中で生き続けている。

南日本新聞「砂時計」

紫陽花

今年の梅雨は程よく降ったり止んだりである。

その合間に外の用事も出来て、買い物や洗濯や掃除など苦にならないで過ごしているが、たまには用もないのに車を運転して雨の町中を走り、気分転換などしている。

途中の生け垣からは青や藤紫や紅色の紫陽花が、こぼれるように咲いている。雨に濡れて潤いを一杯含んで、そのみずみずしさは通る者の心を和ませてくれる。

花は日に日に色を変えながら、雨と何をささやきあっているのだろうか。

小学校二年の時、級友のヨウ子さんはこの時季になると紫陽花を両腕に抱えるようにして教室に持って来ていた。

花が大きいのでいくつもの手鞠を抱いているように見えた。

二年い組の教室の入り口が急に賑やかになったかと思うと、男の子たちが、

「バカだね、こんな雨の日に持って来なくてもいいのに」

と言っている。

「どれどれ」「こっちこっち」

と言いながら、花を受け取る子、学用品の入った袋を受け取る子、傘を畳んでやる子、早くも花瓶に水を入れに走りだす子など…。そうしながらも、

「バカだね、こんな日でなくても…」

繰り返し言っている。

雨が何日も降り続いて、男の子達には飛び回ることができない退屈な一日が始まるところだった。誰もがとにかくも動き出す。かねてのヤンバラ（腕白）達がいつになく優しくて親切なのである。

出番のなかったA君達は、教壇の机に飾られた花の横に代わる代わる立って、皆に向かって敬礼をしていた。

地雨の降り続くうっとうしい日、ヨウ子さんの持ってきた紫陽花は、薄暗い教室中を明るくしてくれた。

その美しい色彩は今でも心の中まで染み込んでいるような気がする。

雨の日だからこそ、無理にでもお母さんは花を持たせたのだろうか。かいがいしく手伝う男の子達の姿とともに蘇る紫陽花の思い出である。

「流域」

十五夜のガラッパたち

天空の一角を光が走った。くもりガラス状の満月を仰ぎ見て、はるか昔の十五夜を思い出していた。

私が小学生だった頃、十五夜の十日か一週間前になると十五夜相撲の練習が始まるのだった。

「エイヨーチェース」

（始めるぞ、早く来い）

そんな掛け声が遠花火のように秋の夜空にこだましてくると、どこの子も夕食をかき込んで飛び出して行く。走りながら「オーイ、行っど」と言い交わす。毎夜行かないと一日が終わらないのである。

田圃で練習をする地域、渇水した川砂のたまった中でやっている一かたまり。その先の川土手では外の地区の一群。子ども達は集まりやすい場所を探して先輩から稽古をつけてもらい、力士になったような気分になる。

一年生から三年生までの相撲を「ガラッパずもう」と言っていた。小童たちがへこ帯を締めて相撲の流儀も形も何も知らないで取り組む姿は、ダレやめを早く済ませて見に来た大人たちを充分楽しませ、昼間の農作業の疲れを癒してもくれた。

すこし大きい子になると、いつの間にか取っ組み合いのけんかになってしまう子もいて、自分たちでも示しがつかないでいる。そんなとき、周りの大人たちの声が飛ぶ。

「コラッ、へこを締めたときゃ当たり前んスモをとらんかっ」

けれども一向に終わりそうにないときは、ニセ（青年）頭の出番である。両人の背中をポンとたたいて「もうよかどが」。それで収まりがついて引き分けとなる。

思いがけない時間の超過に、まだ土俵に上がれないでいる小さい子たちは、両方三人ずつの土俵入りとなる。子どもが多い時代だったから一人ずつでは夜が更けてしまうのだ。

土俵に上がった豆力士たちは、足を踏ん張って両手で押し合っている組、肩をつかんで蹴り合っている組、他の組とぶつかりながら土俵いっぱい動き回っている子たち。三組を同時に行司するニセ（青年）頭は忙しいが、それでも上手にさばいてゆく。

その様は、月夜の陸に上がったカッパさながらで、十五夜行事独特のおもしろさがある。

一通り終わるとニセたちの肝試しのような怖い荒っぽい話のおまけがあるから、男の子たちは毎晩疲れも忘れて楽しんでいた。

先程のけんか相撲の子たちは、もう仲良く笑い合っている。

ガラッパたちの天下であった。

「流域」

運動会の思い出は「コレ！」

「ブエン（生魚）なよしゅごわんどかーい」

イネ（担い）売りの小母さん達は大忙し、早朝帰港する漁船からピンピンの魚を卸してもらって魚テゴ一杯にして、担い棒でユラユラ山手の農家へと急ぐのである。

私が子どもの頃は、運動会の前の日はどこの家でもつけ揚げを作っていたので、いつものお得意さんまで行き着く前に魚テゴは空っぽになってしまう。すると、小母さんは浜の揚げ場まで急いでとって返して、馴染みの船からまたテゴ一杯仕入れて、待っているお得意さんへと向かうのである。

その日は担い売りの小母さん達の唯一のかき入れ時、どの小母さんも揚げ場まで二回も三回も戻り、夕暮れまで売り歩いたそうである。

わが家では、買ったイワシは早速頭と腹ワタを取り除いて、まずはまな板の上で包丁でトントンと叩いてそれをすりこ木ですりつぶす。祖母がすりこ木ですり、小学校二年生だった私は、すり鉢が動かないようにしっかりと押さえているのである。何しろ骨ごとすりつぶすのだから、祖母のすり方も力がこもり、それを支える私の小さな腕もきついながらも精一杯のうれしい共同作業だった。

味付けしてすべて揚げ終わる頃には夜も更けていた。その間家中香ばしい匂いがして、何度もつまみ食いをして、御馳走がいっぱいある気分になり、これ程幸せなことはないという大満足の一日であった。

今でも私にとってイワシのつけ揚げは骨ごと丸ごと祖母の味として特別の思いがあり、いろいろなつけ揚げの中でも一番懐かしい味である。

肝心の運動会では活躍できなかったが、その前の日と当日のお昼の時間だけは運動会の中のとびっきり楽しい思い出として浮かんでくるのである。


「流域」

最初で最後の徒競走

「一度でいいから、徒競走のゴールの白いテープを全身で受けてみたい」。私にとって、これは夢のまた夢だった。それだけに運動会のたびにその思いが胸をよぎっていた。

私は幼児期の大半を足の治療のため、病院通いに明け暮れ、小学校に上がる前、温泉の町に住む祖母にあずけられた。温泉で足を温めるのが何よりの養生といわれ、それが、当時唯一のリハビリだった。それでも成長するにつれ、両足の力の差ははっきり感じられるようになり、何かにつけて不自由になった。「走るといかん。ぼつぼつ歩け」「遠いところに遊びに行ってはいけない」。優しい祖母も、これだけはしつこく言った。

小学四年生の秋のことである。秋晴れが続いて運動会の日が近づいていた。自分では「かけっこ」に参加できなくても、応援をうんとしようと心を弾ませていた。ある日、朝から予行演習があった。次々に徒競走のスタートが切られていた。皆がゴール目指して疾走する姿を見ているうち「もしかして、私も二百メートルぐらいは走れるかも」という気がしてきた。

プログラムは進んで、いよいよ私たちのクラスの番だ。いつしか祖母の声も遠のき、私はピストルの音にドキドキしながら、夢中で駆け出していた。皆速かった。私も一生懸命走って半周ぐらいまでは付いて行った。

でも、この辺りから左足の動きが鈍くなった。前との距離はどんどん開く。「早くゴールしないと、後ろの組に追いつかれる。どうしよう」。焦りながら、後ろを振り向いて驚いた。同じクラスのA子さんとB子さんが、私の後ろを走っていた。二人はそのまま最後まで、私に付き合ってくれた。

二人は選手に選ばれるほどではないが、決して遅い方ではなかった。おとなしい性格のせいか、クラスでは目立たず、教室での座席も離れていて、あまり話をしたことはなかった。宿題のノートを貸してあげるとか、何か手助けをした記憶もない。

それでも二人は、後ろから一緒に走ってくれた。普段、私がテープを切ってみたいと思っているのを感じとっていたのだろうか。それとも途中で転びはしないか、気遣ってくれたのか。ゴールにたどり着いて皆に迎えられながら、私は申し訳なさとうれしさが入り交じって、ぐっと込み上げてきそうだった。これが私の最初で最後の徒競走である。

祖母は毎年、運動会になると、何ら競技に出ることはないけれど孫のため、重箱に御馳走を詰めて持ってきてくれた。

この思い出の中の宝物であるクラスメートには、残念なことに卒業以来一回も会う機会がない。でも、人の気づかないところに目を配って、あんな素晴らしいプレゼントをくれた二人のこと、きっと温かい家族に囲まれて、幸せな日々を送っていることと思う。

『心にしみるいい話』第二集「気配り思いやり」

三　生菓子

学校傘

子どもの頃の話である。小学校に入学するときは、必要な学用品を一通り揃えるものであるが、当時のこと、まだ油の匂いのする新しい番傘も必ず買ってもらっていた。

蛇の目傘より小さくて軽く、値段も安くて子どもが持つには手頃な傘だったので、学校傘とも言っていた。色も形も皆同じ。『何年何組誰々』と、大きな字で記名するので、一年生が傘をさすと、名前が歩いているようだった。

今の子ども達なら、屋号のようにでかく名前があるものなど、恥ずかしがって持ちたがらないだろうが、新しい学用品の一つ一つに名前が入っていることは、一年生になったという証拠であり、当時の子どもには嬉しいものであった。

新しい傘が古くなるのは早かった。

風雨のひどい日、傘をすぼめながら、向かい風を上手に受けて歩く知恵もないから、吹き飛ばされて溝に引っ掛かってすぐ破れてしまう。

雨が止んだ学校帰りは、持て余している傘をいっぱいに広げて地面をころがしながら帰る。

車などめったに通らない頃のこと、道路は誰にとがめられるわけでもなく、格好の遊び場で、用のない傘は遊び道具になるのである。

ある日、朝の上天気が午後から急変した。授業が終わっても一向に小降りにならなくて、帰り支度をしたまま廊下で遊んでいると、

「誰か来ているよ」

と、級友が私を呼びに来たので、教室の窓から顔を出すと、その誰かが立っている。タオルでほほかむりして笠をかぶってはいるが、野良着はずぶ濡れである。

校舎の軒下にいた人は私の祖母だった。

私はびっくりして言葉が出ない。祖母は私に傘を渡して何かひとこと言って雨の中を小走りに帰って行った。校門を出ようとする後ろ姿を見ながら、しばらくそのまま突っ立っていた。祖母は何を言ったのだろう。ただもうびっくりして頭の中が空っぽになってしまったのと、雨の音で聞こえなかった。

祖母の姿は、雨に濡れた野良着が体にまとわりついていたせいもあってか、これまで私が知っている祖母とはあまりにも違うみすぼらしさであった。

《何もあんな格好で傘なんか持って来ることはないのに》

いつもは天気が急変すると、近所のおばさん達が、よその子の分もまとめて持って来てくれるのが習慣だったし、傘のない子は、上級生の帰る時間まで待っていると、誰かが一緒に連れ

て帰ってくれたから、誰も傘のことなど気にしてはいないのだ。

祖母の姿が見えなくなってから、手渡された傘を見たら、かねて見かけない古ぼけた、所々破れかけた番傘だったので、なおびっくりした。

これ、私のじゃない。

さっきの野良着の汚い格好の祖母を思い出して泣き出したくなるのをこらえていると、ふと、遠くにいる両親や、兄たちのことが思い出されて一層悲しくなってしまった。いつもと違う姿で祖母が学校に来たことは、それからしばらく心にひっかかっていた。

あの日は祖母も畑に出ており、急に雨が降り出して近くの知り合いに雨宿りしたが、止みそうにないので、とりあえずそこで傘を借りて、そのまま学校へ走って来たことを後で知った。足の悪い孫ゆえ人並みに走ることもできないだろうからと、一刻も早く傘を届けようとした祖母の思いなど、子どもの私が知る筈もなかった。

子どもは成長するにつれて、今まで見えなかったものが見えてきたり、何でもないことが気になり始めたりするものである。特に女の子の場合、美しいものへの憧れが強すぎて、時に肉親をさえ遠ざけたい気が起こるものである。

孫の心の変化に祖母はどのように付き合おうとしたのだろうか。自分では日に日に老いてゆきながら、きっとしんどかったのでは…。

長雨の日、一日中家にいると、いつもは外に向かいがちな心を雨音が優しく包み込んでくれるせいか、深く自分が顧みられるのである。

「流域」

忘れました

支那事変（日中戦争）が始まった一九三七（昭和一二）年、私は小学校に入学した。

二年生の時、同じクラスの中にしょっちゅう宿題や学用品の忘れものをする男の子がいた。

「先生、忘れました」

「なに、又忘れたか、廊下に出て立っとれ」

その度に担任の先生から叱られては教室から出されてしまう。初めの頃は先生も注意するだけだったが、S君の『忘れました』の多いことに本気で怒りだした。

「又おまえか、運動場を走ってこい」

そんな時S君は冬でもはだしで飛び出すのである。霜柱を踏みながらも体の大きいS君は二百米一周してくるのは早かった。

皆黙ってじっと待っていると、後の座席から『もどってきたど』とささやく声がする。

顔を真っ赤にしてセーセー言いながら教室に入ってきたとき、先生はいきなり、

「本当にちゃんと走ってきたか？」

未だ怖い顔の先生の言葉は厳しく聞こえる。

S君が首をかしげながらけげんな顔で座席につくと授業が始まるのだった。先生が黒板に字を書いていると、又後ろの方で話し声がする。

「早かったね。寒かったどが」

先生が正面に向き直ると話し声はピタッと止む。

最初の頃シュンとしていたS君は、バツを受けてもそれ程気にしている様子でもないので、クラスの皆はほっとしていた。

担任の先生が怒ったり、不機嫌な態度で授業を続けるのは不愉快で、誰かが目の前で名指しでひどく叱られ立たされたりすると皆落ち着かなくなる。先生の方と立たされている人の方をそおっと見比べるのである。

S君のテストの答案用紙を何回か見たことがあった。赤ペンでペケがたくさんついていた。彼はそれを隠すでもなく別に恥ずかしそうな素振りも見せなかった。

勉強のことは諦めていたのか、それとも嫌いだったのか……。

ある日私は思わずノートを差し出した。

「今日は宿題をしてきたね？」

「ウンニャ、オイゲエ（俺の家）は学校から戻ればそれどころじゃなかたっど、よそんし（他所の人）とはちご（違う）とじゃっ」

大人っぽい言い方だった。

「それなら先生が来るまで早《ハヨ》これを写したらどうね」

それは自分でも予期しない行動だった。彼は休み時間いっぱい掛かり書き写していた。

そうではあるけれどS君は意外と人気者だった。掃除の時間になると両手にバケツを持って何回でも水汲みに行く。力もあり早いので机を動かすのもすぐ終わる。花壇の手入れは上手でよく蝶が飛んでくる。オジサンというあだ名はこんなことからつけられたのかどうか。

体操の時間にはパンツに着替えるでもなく、半ズボンの裾をくるくるとたくし上げているだけで、それを笑ったりさげすんだりは誰もしなかった。

S君は両親が居なくて、きょうだいと一緒に父方か母方のおばあさんに育てられていた。農家である彼の弁当はいつもさつま芋を三つ位、木綿の風呂敷にじか包みして持って来ていた。その頃は大方の子がそうだったから、決して珍しいことではなかったが、彼は食べた後の芋の皮を掃除バケツを回してそれに入れてくれと言う。持ち帰って牛に食べさせるのだそうだ。

私は感心して見ていた。

クラスの子達の話を聞いていると、S君は学校から帰ると真っ先に牛に食べさせる草刈りに行く。二つの籠を担い棒でかついで畑の土手で山盛り刈ってくる。それがすむと牛小屋の敷き藁を替える。時季によっては田植えの準備や、田草取り害虫駆除、稲刈り、芋掘りをする。薪拾いにも行く。遊ぶ時間などないのである。

この時代はどこの子どもも家の手伝いをするのは、当然の日課だったが、S君は大人並みだったようだ。きっとお祖母さんから頼りにされていたのだろう。夜はぐったりして宿題どころではないのがわかるような気がした。

ある日、太陽が照りつけている校庭を汗びっしょりになって走ってきた高等科のお姉さんが、S君に何か言っていて声が大きくなった。

「オイはよかで、姉ちゃんが持って行け」

「又先生からがらるっ（叱られる）どが」

「オイは、又忘れましたち言うでよか」

古ぼけた習字道具をお互いに押しやっているところを目にした。

私はその状況をじっと見ていた。

それからも何かにつけて『忘れました』と言って叱られる情景が繰り返されて、例によって先生のバツが言い渡された。時間割が重なると一つしかない道具をきょうだいの誰かが忘れたことにしなければならなかったのだ。

「忘れました」は優しい心の言葉である。

『お茶の間エッセイ』「忘れ物」第一三回入選作品　平成九年五月

生菓子

子どもの頃のおやつは「家でできたもの」に限られていた。

学校から帰ると誰もいない明けっ放しの家のかまどのそばに、蒸したさつま芋がザルに盛り上げてあった。

甘いものと言えば節句の団子ぐらいで、お菓子が買えるのは、遠足の時だけだった。果物はミカンでも枇杷でも柿でも屋敷内に植えてあり、それはいくらでも食べてよかった。赤く色づくのを待って背伸びして自分でもぐのは、学校から帰ってからの楽しみの一つでもあった。

私は支那事変が始まった年に母方の祖母の家から小学校に入学した。祖父が前の年の十二月に亡くなって、祖母が一人で農業を続けていた。

それから一年も経たない中に祖母が頼りにしていた息子が戦死した。職業軍人だった叔父は、軍艦「加賀」から飛行機三十機の編隊を組んで広東（カントン）に向かって飛び立ち、帰っては来られなかったのである。二十八歳だった。

結婚して逗子で生活していた新婚八カ月の妻は二十三歳。葬儀のために帰って来た若い義叔母にその時初めて会った。夏でもきちっと和服を着ていて美しく、子ども心にも折り目正しい人という印象があった。

四十九日の法要が済むと、義叔母は鹿児島市の実家へ帰って行った。彼女はそれから毎月二十九日の叔父の命日に指宿まで墓参りに来たのである。それは戦争が終わるまで一月も欠かしたことはなかった。

二年位経った秋晴れの日、義叔母は相変わらず和服を着て花を抱えてやって来た。野良着のままの祖母はゴツゴツした手でお茶を出しながら、

「よか日に来てくいやった。今日は戦没者の合同慰霊祭がごあんで、墓参りが済んだら出席してくいやんせ」

と頼んだ。

「それでは慰霊祭が済んだらここには寄らずに帰りますから」

義叔母は祖母に挨拶して行った。

秋は作物の取り入れで忙しい。祖母は義叔母を送り出すとまた稲刈りに出掛けて行った。

一年の中に夫と息子を立て続けに亡くして一人で農作業をしている祖母の胸中を、七歳の私は察することができなかったが、日暮れの時など祖母は畑で泣いていたかも知れない。そんなことに今頃になって気づくのである。

祖母が畑に出て行ってから、私も近所の友達とお墓の近くで落ち葉拾いなどして遊んでいる

と、

「あら、ここにいたのね」

慰霊祭に行ってそのまま汽車に乗って帰ったはずの義叔母が優しく微笑んで立っていた。

「慰霊祭でお菓子をもらったのでお仏壇に上げておいたから、おばあさんにそのように言ってちょうだいね」

それだけ私に話して駅の方へ急いで行った。

私はその後ろ姿を見えなくなるまで見送りながら、急にお菓子のことが気になりだした。猫がお菓子袋を爪で引っ掻いて破いてしまうのではないか。

遊びながらも気になって、家に帰って仏壇を見ると、確かにお菓子の袋が上がっている。しばらく座ってじっと見つめていたが、どんなお菓子が入っているのか確かめたくなって、袋の両端のねじりを解いてみると、なんと生菓子が詰まっていた。

子どもの頃私達の「お菓子」というのは煎餅かピンクや黄色の砂糖をまぶしたビスケットなどの干菓子である。それさえもめったに買ってはもらえなかった。

目の前の生菓子を見て私はその場を動けなくなった。しばらくは仏壇の前に座っていたが、がまんできなくてとうとう一個だけ袋の口が破れないようにそおっと出して食べてみた。口触りが柔らかくその美味しいこと。あまりの美味しさにのどがゴクンと音がしたようだった。

口の回りにアンコがついていないか、手で拭いて皆の所に戻って遊ぶけれど、また気になって用足しに行く振りをして家へ駆け込み、仏壇の前へ座っては袋を開ける。

こんなことを三、四回繰り返してから袋をいっぱいに開けてみるとまだまだ入っている。

バナナ饅頭にやぶれ饅頭、栗饅頭にカルカン饅頭、ヤオヤ饅頭も入っていたようだ。二個ずつ入っているから一個ずつ残しておけばいい。自分で納得して食べたが、あとが四個になってしまったとき、袋の大きさと中味の量が釣り合わないことに気づき、どう隠しようもなくなって、全部食べてしまった。十個位だっただろうか。残さず食べる位、あの頃は甘い物に飢えていたのか、それとも生菓子など口にすることはできない農家の暮らしだったから、後先の事も考えないで飛びついて離さなかったのか、物の豊富な今の時代からは考えられない事である。

その日のことは誰にも言わなかった。言えばどんなに叱られるかと思ったが、あんなことは恐らく二度とあることではない。美味しいものをたっぷり食べた満たされた思いの方が大きくて、そのうち悪びれた気持ちさえ薄れてしまっていたが、一月後、義叔母が墓参りに来てバレてしまった。

祖母は義叔母が帰ってから、

「おばあさんはめんぶっ（面目）がなかった」

と穏やかに言い、

「いつも芋しか食べさせておらんかったからね」

それだけだった。どんなに怒られるかと思っていたが意外だった。その時祖母の優しさを感じたのだった。

それにしても淑やかな義叔母は詳しいことは何も言わなかったのである。十個全部を一人で平らげたことを聞いても祖母は怒らないだろうかと一瞬考えたが、今更本当のことを言えるはずもなかった。

その後の遠足のおやつは罪滅ぼしに自分の小遣い銭でやり繰りした。六月燈の小遣い銭などを使わずにためておき、高いキャラメルは止して丸ボーロや飴玉や雀の卵などの駄菓子で我慢した。そんな私を祖母は笑顔で、黙って見ていた。

祖母は究極の真相を知らないまま亡くなった。義叔母は八十二歳で今も健在。子どもがいなかったことから、私はずっと可愛がられた。

農作業の疲れと悲しみのさなかにあった祖母に、なぜあのとき一個の生菓子も残さなかったのか、今も胸が痛む。だからそんな日は生菓子を買って来て、心の祖母とお茶を飲むのである。


「流域」

祖母は偉大なる母

私は、六歳の暮れから祖母に育てられた。

生まれたのは横浜だが、その頃は神戸に住んでいた。股関節治療のため、幼少時は毎月病院通いだったという。ギプスが取れて、不自由ながらも歩けるようになったある日、母方の祖父が亡くなったので、母に連れられて指宿に帰郷する機会があった。

初めて会う祖母や親戚の言葉はさっぱりわからなかったが、一様に皆私の不自由な足を気遣ってくれていて、母にもいろいろ助言などしている感じの言葉が交わされていた。おそらく、「温泉があっで、指宿でせっぺ湯につかれば足は良かふになっとー」などと言われて、母もその気になったのでは？　と後で思うことであった。四十九日の法要が終わると、母は弟や妹たちを連れていつの間にか神戸へ帰ってしまっていた。

祖母の家は、ワラ葺きの広い大きな家で、庭の木には大人の頭ぐらいのボンタンが下がっており、放し飼いの鶏は馬小屋のすみのワラの上に毎日卵を生む……。最初のうちは、新鮮な体験ばかりで、一人残されたという思いもほとんどなかったが、やがて小学校入学のときがきて、私にはお母さんはこれからこの人（祖母）なのだという自覚を、しっかり持たなければいけないと覚悟をしなければならなくなった。

祖母は一人で農作業をしながらも、学校の行事には欠かさず出席してくれた。朝は一番に仏壇にお茶を供えて手を合わせ、戴き物も初物もまずは仏様。命日には手作りの団子や煮しめが所狭しと並べられ、この人はどんな人で、どう生きどう亡くなったかと、講釈つきでお線香を上げさせられた。

また祖母は珍しい物が手に入ったり、煮物をいっぱい作ったりしたときは、必ず私を使いに出して近所の老夫婦や一人住まいの人々に届けさせた。親戚であろうとなかろうと、目上の人に対する礼儀なのだと言い、「世の中は打って回しじゃって」の言葉で私を送り出した。「お天道様はいつも上から見ている」「言うこちゃ明日言え」なども、口ぐせのようによく言っていた。

経験に裏打ちされた戒めの言葉が多かったように思うが、祖母にしてみれば、五十才以上の年齢差の私を育てているのであるから、生身の体全体で誠心誠意真剣に取り組んで、孫の私を慈しんでくれていたのであろう。

時には寂しさも反発もあったが、それ以上の愛情に包まれていることがわかっていたので、祖母には全く遠慮することなく、何でも相談することができた。

六年程して、本当の母たちが一家で指宿に引き揚げてきた。しかし私には、もうその頃は祖母との生活の方が心安らかに過ごせていた。折しも思春期に入っていたし、母と弟、妹たちのぴったりした状態の中に分け入ろうという気も起こってこなかった。これまでがあたりまえで、これからもあたりまえを貫くために、祖母との二人暮らしを選んだ。

戦時中の苦労を乗り越え、女学校を卒業し就職して収入を得ることができるようになった。「お天道様はいつも上から見ていて下さる」という祖母の教訓は、いいときもそうでないときも、私を支えてくれた。祖母が寝たきりになったとき、食事をスプーンで口に運び、おむつをとりかえ、それを井戸端で洗いながら、あの言葉にいつも励まされていた。三年の介護生活が続き、私の二十代の終わりのころに祖母は八十一歳で亡くなった。

祖母は、私にとっては偉大なる母なのである。

「心にしみるいい話」第十一集「父母」

六年間の女学校生活

入学のころ

私達の女学校時代は前途に戦争が大きく立ちはだかっていた。

昭和十八年四月に入学。当時は時代を称して「非常時」という言葉が使われていた。入学試験は体育実技と口頭試問だけですみ、あとは恐らく内申書が相当な部分をしめていたのではないかと想像する。非常時体勢に組み込まれた入学であったような気がする。

この女学校は、私が小さいころ叔母が在学していたので、よく遊びに連れて行ってもらっていた。その頃の女学校は礼儀を重んじ、師や目上の人を敬い、後輩の者をいたわる貞淑な美しい雰囲気がただよって、私のあこがれの学校だったのである。しかし入学の喜びも束の間、時代に翻弄される日々が始まった。

合同訓練

緊急時に備えての合同訓練は女学生には辛いものだった。

非常ベルが鳴ると一分以内に校庭に整列しなければならない。

一人が一秒でも遅れると全体で責任を負わされて、全校生徒がトラックを何周も走らされる。人に迷惑をかけてはならないと皆必死だった。私は左足が不自由なため教室は早く飛び出せてもすぐ皆に追い越されてしまう。漸く人の後から級の列にたどり着く時に、途中手を引っ張ってくれる人がいた。入学してまだクラスメートの顔も名前もよくわからない頃のこと、とても感激したことは今でも忘れられない。

教科が変わったこと

小学生の頃から叔母たちの英習字ノートに触れたり、単語を勉強している様子を見ていただけに、この年から英語は敵国の言葉ということで廃止になったことが、残念でたまらなかった。

音楽は教科書はあっても無用のものになった。校歌を習ったあとは軍歌ばかり教わり、以後終戦になるまで軍歌しか歌えなかった。

飛行場建設の奉仕作業

入学して学校にも慣れてきた一学期の半ば頃、田良浜の海軍航空基地に、飛行場建設の奉仕作業が始まった。

制服をモンペに着替えて、二月田から二反田川沿いを田良浜（今のさつなん荘別館辺り）まで毎日歩いて通うのである。何ら説明のないまま先頭に従って長い道程を、ただ黙って歩き、田良の海岸に着くと、一人ひとりかごが渡されて砂を運ぶのである。砂をスコップでかごに入れてくれるのは最上級の四年生達で三年生以下はそれを波打ち際まで運び、平らにしながら海の方へ伸ばしてゆくのである。

他に朝鮮から徴用されてきた若い男の労働者達が、岩崩しなどの危険な仕事をしていた。時々バラックの宿舎の方から「アイゴー、アイゴー」と声をあげて泣いているのが聞こえてきた。現場監督に叩かれたのか、仲間が亡くなったのか…。

私達が地ならししたところは飛行場の滑走路を造るための用地だった、とは後で知った。そこから少年飛行兵が特攻隊として出撃するなど、この頃は思いもしなかった。

何も知らされない女学生と、無理やり朝鮮から連れてこられた人達が、一生懸命飛行場造りに励んだのである。後で事実を知った時のショックは大きかった。

国策による食料増産

農産物には肥料が不可欠である。学校での農作業は堆肥作りから始まった。各自校外に出て畑の土手で草を刈り、農道に捨ててある雑草や、道路の馬糞を拾ってきて、担当の田中先生の指導のもとに校庭に学級毎に積み上げる。足で踏みしめながら人糞をかけて発酵させ、しばらく置くと堆肥ができる。

水迫の山を開墾して芋を植えるときは、二人一組でモッコに堆肥を積み、一日四回運んだ。片道三キロか四キロある水迫の山には、芋の収穫まで、草取り、芋つるの返し作業などに何回も足を運んだ。

米作りは田圃の耕し方から始まり、田植えが終わって苗が根付いた頃には水田に入って田の草取りをする。空襲警報を避けるために朝早く「田圃に直接集合」がかかることもあった。梅雨どきの朝、ずぶぬれになって田草取りをする。何日も続くと足の指はただれて、歩く時小石を踏むと飛び上がってしまうほど痛む。しかしそんなことも勝つまではガマンしなければならなかった。

秋の取り入れが終わると、米俵や芋を積んで食糧営団に供出した。

学校の農作業の合間には出征兵士の家に行き麦刈りなどの手伝いをする。働き手の息子が召集されて、腰の曲がった老夫婦だけで生活しているところでは特に喜ばれた。

家では農作業を手伝ったことなどなくても、あの頃の生徒は一通りの農作業は何でもできるようになったのではなかろうか。

食糧は配給制となり、『代用食』の言葉通り、まともな食ではなかったが、戦後の食糧難時代を自給自足で何とかしのぐことができたのは、学校で農作業を習ったお蔭だったかも知れない。

上級生は動員される

入学して一年が終わるころ、四年生は卒業と同時に長崎の川棚軍需工場へ挺身隊として出発し、まもなく三年生が後を追った。

明くる年の二十年三月、向こうで四年生になった人達は、川棚の工場で卒業を迎えたことを先輩の手紙で知った。

後で聞いたことなのだが、八月九日の長崎原爆投下のあと、この学年から四人が選ばれて現地に行き、他校の救護班と合流して一緒に奉仕したという。四人の先輩はもうこの世にはいない。

夜中の学校警備

柳田校区在住の学生は、警戒警報のサイレンと同時に夜中でも学校に集合がかかった。空襲による火災に備えて、校舎毎に四、五人ずつの配置となり、バケツに水を汲み溜めておく。それを済ませ、暗い校内に少人数で分散して待機しているのは、不気味なものだった。

雨天の日の作業

雨で農作業のできない日は、体育館でモッコ作りやワラ草履作りをする。これを校長先生が指導するのだからたまらない。

雨の日こそ教科書を開けさせてくれればいいのにと、この時局に生まれ合わせたことを恨めしく思ったものである。

しかし日本は勝つのだと信じていたから、じっと我慢した。何事も忍耐が肝要と言われ、この頃の人達は今も筋金入りの忍耐力を持っているのではないだろうか。

学校は閉鎖同然

空襲が烈しくなって田良の航空隊が爆撃を受け、負傷者が続出した。田圃に出ていて片足が爆風で吹き飛ばされた人もいれば、駅や自分の家の門前で即死した人もいる。怪我をした人は数知れず、火災が出た地域もあって、町中が大騒ぎになった。

この頃はもう学校は閉鎖同然となり、各自家で防空壕に出たり入ったりの日々だった。

家では道路を挟んで畠に爆弾が落ちたけれど、家の回りが竹藪だったので怪我はなかった。

終戦

二十年八月十日頃から急に空爆の音がしなくなった。変だなあと久しぶりに学校に行ってみると、戦争が終わったことを聞いた。日本は負けたのだそうだ。一瞬ぼうぜんとなった。神の国神風はどうなったのだろう。本当のことだろうかと信じられなかった。戦争に負けたという悔しさがこみ上げ、勝つまではと張り切ってきた後の虚脱感に襲われた。その一方で、これから安心して畳の上で眠れるし、授業も再開されると思い嬉しさが湧きだしてきた。テニスコートもバレーコートも校庭の隅々まで芋畑になっていたけれど、教室は戦災も受けずに無事だった。何より私達のクラスメートに怪我人も死亡者もなく、お互いに無事だったことが嬉しく、皆で手を取り合って喜んだ。

早速授業が始まったものの食糧難のため午前中だけの授業が続いた。大急ぎの詰め込みとも受け取れる授業のあり方では、一向に元の雰囲気に戻れるものではなかった。

戦後の学制改革に遭遇

昭和二十一年三月、一級上の四年生が卒業した。私達は最上級の四年生になった。翌二十二年三月、卒業かと思ったら、この年から五年制度になり、この年は卒業生はいない。これまで勉強らしいことはしていなかったので、一年延長は貴重だった。

昭和二十三年三月、やっと卒業の時が来たが、学制改革により四月には新制高校三年に編入するはめになった。昭和十八年に入学して六年後の二十四年漸く卒業となったのである。

振り返って

同じ学校に六年間もいて、大事な時期に学問の道は戦争に阻まれ、農作業や奉仕にやむなく時を費やしていた。真の友を見つけ、夢や希望を思いっきり語ることもなく、美術や音楽で芸術の醍醐味を味わうこともなく学生生活は終わってしまった。

今も戦争用語は覚えているが、それよりも美しい詩や、深く心に刻まれるような古文や漢文をたくさん読みたかったなあと思う。

成長の過程でその時でなければできない事がある。私は空白を取り戻すために、社会に出てから難儀したのである。

鹿児島県立指宿高等学校　創立八十周年記念誌『柏葉』より

平成一五年三月

日和下駄

よそから見たらなんでもないものが、当人にとっては大切なものであることがある。子どもの頃、友達と交換した消しゴムや、お土産にもらったビーズや布張りの小箱や貝殻などが、机の引き出しにいつの間にか一杯になっている。それでも大切にしまっておいて捨てようとしなかったのは、アルバムに貼ってある古い写真のようなもので、一つ一つに何らかの思い出が残っていたからか。

家の中を整理していると下駄箱の奥から日和下駄が出てきた。この下駄はもう随分前から突っかけることもなく忘れていた。

黒塗りの台に赤い鼻緒をすげて爪皮がかけたままになっている。下駄の歯に泥がこびりついたまま残っているのは、雨の日に履いてそこそこに始末したせいだろう。何年か前に気がついた時には、これを履いていた頃のことが懐かしくなって、若い日の自分のにおいが染み付いているようで落とす気になれなかったのだ。稽古事に通うのに和服を着て雨靴というわけにもいかず、まだ戦後の物資不足が続いていたころではあったが、無理して手に入れたもの。その頃のことは、何故か雨の日に一人よく歩いたことを覚えている。

お茶のけいこを始めたのは、祖母が亡くなって間もなくしてからだった。当時まわりでは女の身だしなみとしてお茶、お花、料理、裁縫は嫁入り前のフルコースのように言われていたが、私はそんなこととは関係なく、またその道を深く極めるつもりもなかった。ただ三年も寝たきりの祖母に付き添っての看病に疲れており、その心身のリハビリと、それから先のことを考える心の余裕が必要だったから、何でも良かった。たまたま隣のH子さんがお茶のけいこに通っていたので、その後からついて行ったに過ぎない。

H子さんは私より二つ先輩で友達のようでも先生のようでもある。彼女はこの頃既に両親は亡くなっており、家は兄さん夫婦の代になってそこから勤めに出ていた。彼女とは年も近いので小学生の頃から仲良しだった。何でも良くできる人で歌も上手、学校で習った歌は家に帰ると繰り返し歌っていたから、私もいつの間にか覚えてしまって、自分がその学年になって習う時は、とっくに歌っていた。テレビなどはまだ無く、文部省唱歌は教科書の通り順々に習っていくのである。

学年が違うと色々なことが違ってくる。遠足の場所も違うし、その日学校であった事を聞くのが楽しくて、先に帰っている私は彼女の帰りが待ち遠しいものだった。

これは女学校に入ってからもずっと続いた。私が入学したとき彼女は三年生になっていた。一つ一つの教科についても大事なところをその都度教えて貰ったり、教師の特徴を話して貰ったり。忘れ物をしては別校舎の三年生の教室まで長い廊下を走って行き、揃えて貰った事は度々だった。入学当初は未だ揃っていないものもあったから。

彼女は十二人兄弟の末っ子なのに、それは面倒見のいい良きお姉さんであり私の家庭教師みたいなところがあった。

彼女とまた同じ学校で過ごせるようになり、共通の話題もいっぱいあると喜んだ日は長くは続かなかった。戦争が烈しくなり、勤労奉仕に明け暮れ、私達も口数が少なくなり、思うことが言えないような毎日が続き始めた。上級生は長崎の軍需工場へ出発していった。

漸く終戦、彼女たちは向こうで繰り上げ卒業をしていたらしく、学校に帰ることもなくそのまま社会人となった。

戦後の食糧難、物資不足、色彩のない世の中に私も社会人となって出て、気づいた時には二人とも寝たきり老人をかかえていた。彼女はお父さんを。私は祖母を。

周りに誰も居なかったわけではなく、家族制度は戦前のままだったから、跡取りの息子達が同じ屋敷にいたが、大方の看病を私達がした。下の世話、おむつ洗い、寝かせたままの食事、体を拭いたり髪を洗ったり、ただ黙って、一生懸命世話をした。

何故あんなに頑張ったのか、今でもわからない。看るべき人は他にいたのに。疲れてくると思い悩む日が多くなり、そんな日が続くとH子さんとどちらからともなく銭湯行きの誘いがかかる。ボソボソと話しながら遠回りして夜道を歩く。こんな時だけが唯一心の休まるときだった。

三年して双方の年寄りが前後して亡くなったとき、彼女は三十になったばかりで、私は二十代のおわりだった。今度は自分の健康を早く取り戻さなければならない。

日和下駄はそんな頃買ったのだった。この時の赤い鼻緒はずいぶん気持ちを和ませてくれたようだ。

しばらくしてH子さんは実姉と一緒に住むことになり引っ越して行った。私も漸く気分も楽になったので、長年過ごした祖母の家を出て一人生活を始めたのだった。あれから四十年近い月日が流れている。

今、指宿でも老人福祉の施設が次々と建設されている。特別養護老人ホーム湯の里園、なのはな苑、やすらぎ苑など。自宅介護には手当が出て、老人の行く末は明るくなってきて、老後のことは何をするでも社会に依存するのが殆どである。

彼女は今、もうすぐ桜が一面咲いて花吹雪が舞うその下で眠っている。

私は時々縁側に立ってはるか西の小高い山にある墓地に向かい「H子さん、いい世の中になったのよ」とつぶやいている。

日和下駄が昔お天気のいい日に素足で履く庶民の普段履きであった頃から、時代と共におしゃれ履きに変わってきたように、かつて目上には従い、思うことは喉元で飲み込んでしまっていた習慣から脱け出し、やっと何でも言えるようになり、内面の輝きとか豊かな人生を目指して、などと、私も自由な生き方ができるようになった。

「流域」

手織縞

押し入れを整理していたら、長いこと開けてみることのなかった柳行李の底の方から、子どもの頃着ていた手織縞の羽織が出てきた。

裾の折り返しのところが擦り切れてはいるが、まだゴツゴツとした温かい手触りが残っている。

この手織縞はずっと昔、若い頃の祖母が、子どもが生まれたとき自分の着物をほどいて、一つ身や四つ身に仕立て直して着せたものだ。

子どもの背丈が伸びるにつれて裄や身丈に合わせて肩幅や身丈の上げの調整をしながら、次女三女へと下げて着せる。幾度も洗い張りして、今度は羽織と袷を継ぎ接ぎして一枚の袷に仕立て直し、大きい子に着せたり、綿入れ半纏に縫い直したりする。そんなことが何回繰り返されたことだろう。

そしていつの頃からか叔母たちのお下がりを孫の私が着ていたのである。

百姓だった祖母の実家では、天気の悪い日は納屋で姉妹揃って、自分の着物は何枚でも欲しいだけ織るならわしだったという。綿や真綿を紡いでは四人姉妹競って織り、嫁入りの日を待つ華やいだ日々だったようだ。

手織縞は田舎縞とも言い、小さい縞、粗い縞（大きい縞）、碁盤縞、その他光沢のある黄土色や銀ねずの無地などがある。私が覚えている中で、祖母が亡くなる直前まで大事にしていた水色の無地は、真綿で念入りに織った花嫁衣装だったと聞いている。

祖母の着物は、その大方が夫や子ども達のものに仕立て直されて家族の役に立った。中でも戦時中や戦後の物資不足の時代には、長持ちの中から持ち出された着物は次々と作業着、モンペは勿論フトン等の生活必需品に姿を変えたのである。

子どもの頃の私の記憶に残っている祖母は、質素な夕食が終わると、暗い裸電球の下でせっせと針を動かしていた。学問もなく、財産も地位もない昔の女は、ただ一途に子どもを育ててゆくことだけが生き甲斐だったのだろうか。新しい着物を縫うことはなく、たいていが野良着の継ぎ当てか仕立て直しだけ。そんな姿は何となく孤独で寂しそうに見えた。

時を経て、手元に残っているたった一枚の手織縞は、嫁入り前に織った日の一握りの弾んだ思いや、家族のために何回も縫い直した祖母の人生折々の温もりが染み込んでいるような気がして、用済みになっても捨て難いのである。


「流域」

トラピスチヌ修道院

草木が黄ばみ始めた一昨年の秋、北海道を旅行する機会があった。日程の中に、前から行ってみたいと思っていた所が組まれていたので、三泊四日は私には無理のような気がしたけれども、思い切って参加した。

函館トラピスチヌ修道院は、二日目のコースだった。

明治三十一年に日本で初めて女子の修道院として創立されたというその修道院は、函館市郊外の小高い丘の上に建っていた。

貸切バスから下車してしばらく歩くと大きな鉄の門があって、そこを通り抜けると坂道になっている。同行者の一人に支えてもらって急勾配の石積みの階段を漸く上ったところで、エキゾチックな建物に辿り着いた。

入り口の左右は生け垣で遮られて敷地内の様子は何も見ることはできない。

玄関を入るとそれ程広くないロビーに、修道女手作りの土産品が置いてあった。プロ並みの手芸品や手細工品、クッキー等の売上金は、自給自足で賄っている修道院の経費になるのだそうだ。

壁には歴史を語る写真や年譜、説明書が貼ってあった。私はもっと奥の方を見たかったけれど、それは今は単にのぞき見でしかないことに気づいて「ハッ」と思った。建物の窓には、外部に触れるところは全部黒いカーテンがかかっていて、見るからに俗世間とは遮断された荘厳な雰囲気だった。

観光客のために、ほんの入り口を解放しているだけのようだ。やっと納得して今上って来た階段を降りかけたとき、私にとって修道院は、心の中で無縁ではなかったことを思い出した。

十代の終わりに、修道院に入りたいと真剣に考えていた時期があった。その頃何で知ったのか覚えていないが、谷山に修道院があるとわかって思い切って手紙を出してみた。

間もなく「八田カネ」さん（後に純心大学の学長になられた方）という人から分厚い返書がきた。その手紙には修行が厳しいこと、入るからにはそれなりの覚悟が必要だということなどが、何枚かの便箋に書かれていた。

私の意志を問うておられるのか、それとも生易しい気持ちで来るところではないと悟しておられるのか、随分長い手紙だったことを覚えている。

その手紙は誰にも見つからないように、カバンの底に入れて学校の行き帰りにも大事に持ち歩いていた。失望の中からやっと思いついた灯りだと思ったけれど、決心するにはあまりにも重いことに気づいて、うろたえた。

女学校に入学して間もなく戦争が深刻となり、勉強どころではなかったが、漸く終戦となって授業が再開された。クラスメート達の顔も揃い、お互いの無事を喜び合って、教室に笑い声が戻ってきて、これから頑張ろう、勉強しようとしていた矢先のこと、祖母の家に外地にいた叔母家族や、軍需工場にいた叔父たちが引き揚げてきたので、私は生家に帰らされたのである。

小学校に上がる前と言えば幼児期である。その時から成長期の一番大事な時を祖母の元で過ごして、青年期にさしかかってから帰って来た娘に、母はどのように接して良いか戸惑ったのだろうか。

私も居心地は良くなかった。日が経つにつれて居辛くなってゆくのである。もっと気掛かりなのは女学校を卒業してからの進路のことだった。

祖母のところに居た頃は、私は女子高等師範に入って女学校の教師になると良いと言われていたから、すっかりその気になって、ずっと心の中で夢を温めてきた。

それが一気に消滅してしまったのである。

海兵に居た次兄も閉校になって帰郷し、何年来の兄弟揃った時で、賑やかで嬉しかったのはほんの一時だった。父は亡くなっており、育ち盛りの子ども達に食べさせてゆくには、母一人ではその時期大変なことだとは、子どもの私達にわかる筈はなかった。

「学校を卒業したら出て行ってくれ」

という母の言葉は、日に日に私の心を切り裂いていった。

この家には私の居場所は初めから無かったのだ、と思ったとき、心の動揺は大きかった。

兄が机の上に置いてくれていた、その頃のベストセラーだった太宰治の「人間失格」や「斜陽」を読んでいると、しばらくは気が紛れるが、また暗い気持ちになって、何も手につかなくなり、生きていくのが面倒だと思うようになっていた。

あのとき、谷山までの汽車賃など余分なお金は持っていなかった。もし汽車に乗ることができたら、八田カネさんを訪ねる勇気があったら、今ここには違う私が立っていたかも知れない。

あれ程思い詰めていた修道女志望を、いつ何がきっかけで諦めたのかはっきり覚えていないが、丘の上からはるか遠くに宝石のように輝いている函館の町を眺めていると、五十年過ぎた遠い昔のことなのに、あの時の必死な思いが、自分の心の奥底に沈んでいたことをありありと思い知らされたのであった。

私の天馬

足が悪くて幼児期の大半は病院通いに費やした。

学校に上がると、体育の時間は、走る跳ぶなど無理な運動競技は列外に出て終わるまで待った。学年が上がるにつれて運動は激しくなっていくので、見学が多くなる。

休み時間の陣取りや縄跳びなどでは、私がグループに入った側が不利になるのが分かっているのに、仲良しのCさんがいつも一緒の組に入れてくれたことは忘れられない。

皆に交じって同じように遊ぶことが嬉しくて、つい夢中になってしまい、家に帰ると足が痛くなった。それでも痛いなどと口に出せば、学校での過激な行動がバレるので、黙って我慢した。心の疼かない日は体が疼き、体が疼かない日は心が疼いた。

何でもみんなと一緒にしたい。同じように跳んだり走ったりしたい。その思いは成長するにつれて強くなるが、あれこれ考えてかえって何事も消極的になり、友達に誘われると、行かないともできないともはっきり言えなくて、言葉をあいまいにするくせがいつの間にかついてしまった。

学校を卒業して就職した頃は、まわりの人達は自転車通勤をしていた。単車が流行ると、単車・スクーターに乗り換え、やがて自動車へと、みんな世の中の移り変わりに添って開けた生活をしていくのに、私は自転車にも乗れなくて、相変わらず足の痛いのをこらえながら歩いて通っていた。まだ舗装のされていない砂利道を単車や自転車が、ほこりを立てて私を追い越して行く。気後れするのはそんな時だった。

ある日、バス停に立っていると乗用車が通りかかった。運転者は知り合いの人だったので、笑顔で会釈をしたが、その日彼女は無表情のまま走り去った。夕方の忙しい時間帯だったせいだろうか、それとも…。便乗させてほしいという気持ちが無かったとは言えないが、自分の顔が物欲しそうに見られてしまった様な気がして、恥ずかしく、かねてから親しくしていた人だっただけに、その出来事は私をみじめにさせた。それからは停留所では物陰に隠れるようにしてバスを待った。

自動車学校へ行ってみようという気になったのは、この時だった。

車の運転には、いつ事故に遭遇するかわからないという不安がつきまとう。それを常に覚悟していなければならないという心の重荷や、アクセルやハンドル操作でどれ位体に負担がかかるかなど、予想できなかった。

体に障害を持つ者が車を運転するということは、世間一般には考えられないことであった。今から三十年前のことである。

とにかく話を聞いてみようか。駄目でもともと、もし何とかなりそうだったら、先ずはできるところまでやってみよう。考えに考えて、そう決心した。

その陰には、若い女性先輩ドライバーの励ましがあったからこそ、ではあったが…。

初めて自動車学校に行った日は見学のつもりだった。校長という人から話を聞いているうちにいつの間にか、それ程難しいものではなさそうだな、という気になっていた。

しかし、練習用の車は私には大きすぎた。ハンドルが高く、運転席に座布団を二枚重ねても充分とは言えない。かといってあまり座席を高くすると足がアクセルに届かない。左足は力が劣っていて不自由なことだし、それなら右足だけで操作できるオートマチック車にすればよいということになった。

免許が限定になる場合、当時は帖佐の試験場まで行き、足力の測定などをして許可をもらわなければならなかった。中古車がやっと手に入ったので、初めの条件どおり、自分の車持ち込みで練習開始に至った。

練習場では私のような障害を持った練習生は初めてだったらしく、体制を整えるために特別なローテーションが組まれていた。

車体の部分の名前から教わり、法令や構造の講義を受ける一方で、運転マナーや実際の操作へと進んでいく。アクセルを踏んで車体が動き始めたときの感動は忘れられない。「動いた、動いた」と大声で叫んで指導員から笑われた。

段階を踏まえて三段階になったとき、一つの問題が生じた。どうしてもスピードが出し切れないのである。子どもの頃から全速力で走ったことがないために、普通の人のスピード感と隔たりがあるのか、恐くてたまらないのである。

私の臆病を何とか直そうと、指導員の先生は時には鬼のように厳しく、妥協せず、時には優しく励ましながら確かな技術を身につけさせてくださった。厳しい人ほどその奥に秘めた優しさを持っていた。

運転ができるようになって、新しい世界が開けた。通勤は勿論のこと、雨の日であろうが、帰りが遅くなろうが苦にはならなくなった。行動範囲が広くなり、自分でできることを進んでするようになると、その結果、私の身体では無理だと思うことは「できません、持てませんのでお願いします」などと、かえってはっきり言えるようになった。

今までの遠慮がちの物言いがまるでうそみたいに、大きな声ではっきり発音している自分に気づいて驚くこともしばしばである。

私の車は、単に私の足になってくれたばかりでなく、私の自信と勇気と喜びを湧きださせてくれる大切な相棒になった。毎日のように「時間」をプレゼントしてくれる魔法使いにもなった。

今ではすっかり血の通いあうこの天馬に乗って、私は今日も私の道を行く。

「流域」

四　私の歳月

私の歳月

はじめに

指宿市立図書館の沿革史をさかのぼっていくと、昭和二十四年にたどり着く。まだまだ戦後処理などの混乱期で、町（当時）予算も厳しかったのに図書館の創設など、いったい誰が発案して進めていったのであろうか。その詳しい経緯をたどり、当時の人々の知を求める情熱を思い起こして、私の知る限りの出来事をしたためてみたいと考えた。

創始者は、農業改良普及事務所所長田原迫靖氏である。その背後に、鹿児島県立図書館館長久保田彦穂氏の助力と大きな支えがあった。

草創期のころ

終戦直後の食糧難当時、薩摩芋は大事な命の綱であった。荒れ地でも何処でも栽培できることから、誰もが開墾に精出して芋作りを始めていた。しかしあまりにも急を要し、種芋など選別する余裕もなかったために、黒斑病という病気の恐れが出てきて、農業改良普及事務所ではその予防に苦慮していた。農業改良普及所とはＧＨＱ（連合国総司令部）による戦後対策の中でできた農業指導の施設である。

満州引揚者の田原迫所長は開所したばかりの事務所で、職員を指揮しながら農業の指導にあたっていた。

稲などの作物や果樹園芸の増収や病害虫駆除や家畜の飼育について、相談に来る青壮年達が日に日に多くなってきていた。

田原迫所長は農事相談や技術指導に応じながら、ここに農村図書館を建設するという構想を持っていた。

町には前年の二十三年度から働きかけていたが、戦後の多難な財政では図書館どころではなかった。町内には引揚者、復員兵、都会で戦災に遭った人達があふれ、それが皆失業者という時世である。

田原迫所長は、図書館を県農政課の出先機関である揖宿地区農業改良普及事務所に併設することを考えた。そうした上で、県立図書館貸し出し文庫指宿出張所として発足するということで、町の許可をとりつけた。貸し出し文庫指宿出張所とは久保田館長の迷案であり、実に名案であった。設立のはこびにはなったものの、自前蔵書は一冊もなく、貸し出し文庫出張所扱いとして、県立図書館から百冊の配本を借り受け、所長所有蔵書を選び、そして農業改良普及用のパンフレットや小冊子を種類毎に綴じ合わせたもの、合計二百冊足らずで開館した。昭和二十四年八月のことである。

この既成事実で町も予算を組まざるを得なくなり、補正追加予算で六万円が組まれた。私の図書館勤務はこの時点から始まった。

規模も建物も小さく粗末な玄関の右側には、

「鹿児島県揖宿地区農業改良普及事務所」

という表札がかかっていたが、左側には、

「鹿児島県立図書館貸出文庫指宿出張所」

と書かれた真新しい表札がかけられた。二つの表札を見て通りがかりの人達が、何をする所かとよく尋ねに来た。

私の所にも豚があんべ（具合）が悪いからバイ（獣医）どんにすぐ来てもらいたい、と走り込んでくる農婦や、稲が病害虫にやられて穂先が枯れてきたと血相を変えて来る地下足袋のおじさんがいたりした。その一方では、本を借りに来る学校帰りの子ども達が賑やかに出たり入ったりしている。これが指宿図書館の始まりであった。

この大きな表札は数年後、今和泉村と合併して指宿市が誕生し指宿市立図書館と改められた。独立した図書館になったので、お役御免になった県の貸出文庫出張所の名称も返上したが、表札だけは図書館移転のたびに共に持ち歩き、移転先の倉庫にしまっておいた。

表札を見るたびに開館にこぎつけた頃のお二人のことが偲ばれて、長く大事に保管していたが、昭和五十九年新館移転の折にやむなく処分された。

創立開館した図書館の館長は田原迫所長が兼務した。

農業改良事務所では、青壮年を対象に昼間は畑で実地指導があり、夜は事務所で農業講座が開設されて、専門の講座や一般教養講座が定期的にあり、一般教養講座の中に読書講座も含まれた。講座が終わると関係ある図書はほとんど貸し出されていった。

戦後の物資不足からか、生活の中に色彩は乏しく、食も精神も慢性的に飢えていた時代であった。そんな背景の中、講座を受講した人々は、十冊〜十五冊入る手文庫を持ち帰り、地域で同志を集めて回し読みをしたり、読書会を開いたりして読書への関心を高めていった。

久保田館長はよく、まず人を集める手立てを考えるようにと言われていた。

図書館としては、年一回指宿高校の講堂を借りて児童文化祭を計画して、鹿児島童話会鈴木公会長一行の童話実演会を小学生対象に開いた。秋の読書週間には夜間サービスも始めた。市内の小学校講堂で映画会をしたり、図書館開館記念日には小中学生対象にポスター標語を募集し、講演会を開いたりした。講師は勿論久保田館長である。

書架の本は大方貸し出されていていつも空っぽの状態ながら、あの時代に大きな行事ができたのは、所長のスケールの大きさによるものと、やはり久保田館長の後押しがあったからこそである。映画はフィルム持参で、映写技師が県立図書館から派遣されて来たのには驚いた。指宿にそんな経費などあるはずはないので、皆大喜びであった。

椋先生を知る

図書館ができたという珍しさもあるのか、借りに来る人は日増しに増えて、中学・高校生などは、一冊の本を自分達で順番を決めて回し読みをしてから返しに来る。開館して間もないのに本の動きが激しくなっていった。

一カ月過ぎた時、県立図書館まで図書交換に行った。その後毎月図書交換に行くことになるのである。朝早いうちに指宿を出るのだが、図書館の薄暗いコンクリートの床は、夏でもひんやりとしていた。貸出文庫で本を選んでいると鹿児島では珍しい長身の男性が入って来られた。

「いい本がありますか」

にこやかでとても穏やかな声であった。

その方が久保田館長だったそうで、私は直接お目にかかれたのは、その時が初めてであった。

ある日、廊下で館長とすれ違った。相変わらず穏やかな表情で、「館長室に寄っていきなさい」と言われた。私はただ恐縮して、ペコンと頭を下げて通り過ぎようとしたら、また「どうぞ」と言われてドアを開けられた。

遠慮がちに入って行くと、ソファに先客が一人座っていた。

よく見ると小さなかわいい女の子である。その子が、後の椋鳩十著『モモちゃんとあかね』に出てくる主人公だとは、その時知る由もなかった。

そんな出来事があってから、新聞に『片耳の大鹿』を発表されて、その著者椋鳩十氏が、文部大臣賞と芸術文化奨励賞を受賞されたという記事が掲載された。その方が県立図書館久保田彦穂館長だと知り大変驚いた。作家とは私などからは遠い存在の人と思っていたので、あの館長が児童文学者であって、とてもりっぱな賞を受賞されるほど有名な方であったこと、しかもこんなに近いところにおられるとは。私は、一地方の、未だ間借りのような小さな図書館に勤め始めたばかりであったけど、いい仕事に就けたことがとても嬉しく幸運に思えた。そして県立図書館通いが楽しみになっていった。

次々生まれる読書会

戦中戦後、ただ生きることに精一杯だった母親達が、これまでの空白を取り戻そうと、子どもの教育を真剣に考えるようになった。

子どもは日に日に成長してゆく。急がないと躾などできないままに成人を迎えてしまう。母親達もその時、四十半ばになっていた。

柳和母親読書会は昭和三十年九月に誕生したグループである。毎月必ず一冊は読んできて例会の時に感想を発表する。そんな会である。時々椋先生をお招きして講話がある。会を重ねる毎に皆生き生きとしてきた。

中にはエッセーを書いてくる人もいた。今も印象に残っているのは、たしかヘソクリをご主人に見つかってしまったという内容だった。皆でヘソクリ談義が始まって、その用途や必要性で話が賑わった。

戦前の教育を受けて家庭をしっかり守り、貞淑に生きてきた優等生主婦の反旗が、ヘソクリ論を契機に翻ったことは興味深い出来事であった。

このグループは、十年の間、一月も欠かさず継続した。それは椋先生の魅力ある講話の賜物だったと思う。

先生も毎回汽車でおいでになっていたのである。

昭和三十年代は、永い間自分達を押え付けていたものから解放されて、自由に生きられる時代に入っていたが、農村地方ではまだ旧弊な考えが頑固に根をはっていた。

読書をする女は特別な目で見られ、婦人雑誌など見るおなごは、畑仕事を嫌っていると決めつけられ、「スロッパ（怠け者）」とか「学者さあ」などと皮肉を言われていたのである。本好きのヨメは、姑や周囲の視線の中で身の縮む思いをしながら、それでも野良着の下に隠し持って来た本をお茶の時間にそっと開いていた。

サツエさんとノブ子さんは、県から農業文庫が配本されてきたとき、勇気を持って周りの同僚のヨメ達に呼びかけ、読書を誘っていた。そして牛の飼い方や、野菜、花の栽培法の知識を得て、その上、如何にして早く市場に出荷し多額の現金化を図るか、その方法を学んでいった。培った知識はアイリス栽培で実益を上げ、他の農家の指導もするまでになったが、周りに理解してもらえるには十年かかったという。

椋先生の理想とする「農業生産と読書」にしても、農村で女の自由な読書が認知されるまでに、先駆者たちのこのような日々があったのである。

彼女達は野良仕事をしながらも椋先生の講演を聞くことが一番の楽しみであったので、何処までも出掛けて聞きにいった。その講演の中でもとりわけ「ハイジ」の話は、人間の自由の尊さと、アルプスの山の美しい自然が根底にあって、自分達と相通ずる思いがあったためか、いつまでも皆の心に残っているようであった。

そのほかに兼業農家の主婦達は「五月グループ」として生活改善をテーマに勉強していた。

読書は、家庭実用書から美術書に至るまで分野を広げ、椋先生の講演にあった夕焼けの表現はかなり印象深かったらしい。日々の暮らしの中に、合理性、そして美しさを求めていたこのグループの人達は、お話を美しい画面を見るように聞いていたのであろう。

ニコヨンという言葉を今の人は知っているだろうか。

失業対策事業の日給が二百四十円だったことで、日雇い作業員がニコヨンと呼ばれた時代があった。

ニコヨンの人達は外地引揚者が多く、谷さんもその一人で、親子六人、中国から引き揚げて来た。そしてこれまでしたことのない、失対労務の肉体労働に従事して生計を立てていた。

終戦まで何一つ不自由のなかった生活から、一転しての土方仕事である。雨が降れば仕事は休みとなり、そんな日は何割かの保険金が支給される。生活の苦しさ空しさが募る一方の時、保険金支給を待つ間、谷さんは近くの建物に入ってみた。それが図書館だったのである。引き揚げ以来、初めて目にする本の集積に忘れていた読書意欲がよみがえった。

一冊借りて帰り、むさぼり読んだ。そのうち一家中で読むようになっていった。作業現場で昼休みに一人で読んでいると、ニコヨンの仲間達が寄ってきた。谷さんは「ひろばグループ」と名付けて図書館から数十冊まとめて借りて来て、作業現場の人達に届けて回った。現場移動の激しい仕事だったから、回収するのも大変だ。好みや希望があるので本を選ぶのも時間がかかる。谷さんは忙しくなった。しかし現場での話題がそれまでとは違ってきたし、何より仲間の気持が通じ合ってきたことが谷さんの励みになった。

忙しい中でも椋先生の講演があると、作業着のまま四、五人連れて参加した。その間の賃金はカットされるであろうに、私の危惧をよそに、谷さんは受付の私の顔を見てニコッと笑って席に着き、終わるといつの間にかいなくなってしまう。

この人達は、椋先生のお話は聞き逃さないように交替で来ていた。特に動物の話は共感を覚えるところがあるらしく、身を乗り出すようにして聞いていた。

この「ひろばグループ」の存在が、テレビや新聞に報道されるようになったのは十年を経てからだった。谷さんの情熱で指宿市内の読書運動はいっそうの弾みがかかっていったのである。

親子読書
三十五年に椋先生が提唱された「母と子の二十分間読書」は最初は、子どもが本を読むのを、親が側で聞くという運動だった。
母親は忙しいので、子ども達は母の炊事のかたわらで、ある時は、洗濯をするたらいの横で教科書以外の本を音読するのである。

農村地域では、公民館の有線放送を通して子ども達が交替で読み、どこの親も一緒に聞いたところもあった。知覧町では実践活動をフィルムにおさめ、記録映画として研修に活用された。

指宿では早速親子で読んでみようと、三カ所の地区PTA、子ども会などが始めることになった。形はどうであれ、とにかく読みましょうという輪がしだいに広がっていった。

この頃の親たちは、子どもに話して聞かせる昔話を持っていない。自分が育った頃は、戦争が立ちはだかってその経験がなく、子どもに語り伝える民話も、地域に残っている昔話も伝承されずに途絶えてしまっている。それを補うためのものが必要なのだ。

私が子どもの頃、祖母が『安珍清姫』の話をよくしてくれた。お話そのものは子どもの私にはたいして面白いものでもなかったが、雨の日、野良仕事ができない時などに同じ話を何回も聞く。その行為が大事なのだと大人になってからわかった。側にいて私のために話してくれている。そこには落ち着いた安らぎの心地と、祖母に対する信頼感が湧いてくるのだった。

『マヤの一生』を繰り返し読まされるというお母さんがいた。初めは借りて読んでいたが、いつも手元に置いたまま返そうとしないので、とうとうその子のために買い求めたそうだ。

愛読書ができるまでになる子は、たくさんの本を読んでもらっているのであろう。

幼児に本を読んであげましょう運動

椋先生はまた新たなことを考えられた。絵本文庫を地方の図書館に配本して、読書を低年齢化しようとされたのである。

絵本文庫は一、二歳用から、少し長いおはなしの五、六歳用絵本で編成されている。

この文庫を山手の農村地域にある保育園に持って行ってみた。

園児にはまだ、絵本は見るもの、読むものという認識がなく、きれいな遊び道具と思ったらしい。絵本を砂場のスコップ代わりにしようとする子、紙飛行機を作る子が出てきて、保母さん達をあわてさせた。

それから園では毎日一冊ずつ読んで聞かせた。絵本は見るもの、読むものとわかるようになり、保母さんが読んでくれるのを聞きながら、大人が気づかないような様々な発見をする。耳から聞いて、その子なりに想像してふくらませた空想は、間接体験となり実体験となり、成長につながっていく。こうして保育園やあるいは幼稚園で絵本に親しみ、本の中に浸る楽しみを覚えて年長児は卒園してゆく。読書の習慣は小学生になって引き継がれて、学校での親子読書の大きな力となった。

この頃になると、市内一円に親が子どもに読んで聞かせる形に変わってきた。学校のＰＴＡ活動の中で、幼稚園や保育園の父母の会で、地区の子ども会で推進され、取り上げられて、親も子も楽しんで読書をし、家庭教育は、親子読書にとって代わったような勢いで母親達の出番がやってきた。

五十年代から六十年代にかけて親子読書は一層深まり、各グループの連絡会や互いの研修会も開かれるに至った。

昭和五十九年七月、新館移転の折には、親子読書会のお母さん達が、手弁当で応援に来てくれたほどである。

全く何もなかったところから、田原迫所長と椋館長のお二人の戦略によって推し進められてできた図書館だったが、その利用は農村青年達から農家の主婦、青壮年、古老、親子会、児童幼児へと色々な層に拡大していった。今では読書はすっかり生活の中に定着している。

私の四十年が読書好きの大勢の人々に支えられてきたことが、今更ながら感慨深い。

拙宅にも『感動は人生の窓を開く』の額が飾ってある。

椋先生の思いが今も伝わってくる。

椋鳩十文学記念館紀要第八号「椋鳩十　人と文学」

榎薗先生をしのんで

榎薗先生が亡くなられたのは昨年（平成十四年）九月七日、暦の上では仲秋にかかっていたとはいえ、朝から体中が汗ばむ日だった。

訃報が信じられず、重ねて聞き返したほどで、全身から力が抜けたようになって、しばらくは呆然としていた。道を隔てた空き地のコスモスがいやに薄くぼんやりと見えた。

昭和三十五年、椋鳩十先生が「親子二十分間読書運動」を提唱された頃、榎薗先生は県教育委員会の指導主事（県教委に離島教育の施策として指導主事制度が設置され、榎薗先生はその第一人者だった）として甑島に勤務しておられた。この時期に「孤島の野犬」の執筆取材に来島された椋先生にお会いになり、その後度々随行された。

この時期の感想を榎薗先生は、椋先生のたくましい脚力、話材の豊富さ、取材の貪欲さに驚いたと言っておられたが、思うに榎薗先生ご自身がそれに応え得る充分なご案内をされたのではないだろうか。

翌年三月、先生は県立図書館の館内奉仕課長として赴任してこられた。

その頃私は指宿市の図書館員だったので、この時から資料収集やその活用、読書運動の進め方などで、榎薗先生のご指導を受けることになったのである。

県下の読書運動を始めるには、読書に理解のある人でその必要性を強く感じている人、活動力のある人をと椋先生がかねてから目星をつけておられた最良の適任者で、お気に入りの先生だったのだなあと、私達はそう感じた。

県立図書館に勤務されて、早速「郷土資料」「逐次刊行物」の調査研究を手がけられた。しかも県内の各地方の図書館にも声をかけて徹底して目録まで完成した。それは県立図書館に今でも収納されているが、県内の公共図書館が所蔵している郷土資料と定期刊行物は、以来、県立図書館でいつでもわかるようになっている。

一方読書運動では県内各地を隅々まで駆け回り、先生は持ち前の親しみやすさや統率力で「親子二十分間読書」の普及に心底活躍された。先生の説かれる読書論は、県立図書館に「親子読書実験室」を開設して自ら運営され、そこで研究した実践から生まれた理論だったので、誰でもわかりやすく納得のいくものだった。

「親子二十分間読書」を始めた頃は何処のグループも受け身の読書だったが、それがいつの間にか自分たちで本を自由に選び、楽しんで読むまでになったのは、提唱者の椋先生の背後に、それを理論だてして根気よく普及してゆく榎薗先生がおられてのことではなかっただろうか。

この頃私達地方の図書館も、所有する郷土資料や定期刊行物の調査、保存していく資料の取捨選択、収集していく資料の検討、その上、親子二十分読書運動も加わって、館内館外の業務に追われてずいぶん多忙な毎日だった。大いに鍛えられたと言った方がぴったりだが、司書としてはとても有意義な日々を過ごさせていただいた感がある。

先生は三年間県立図書館勤務をされて後、福山小学校の校長として栄転していかれたのであるが、それまでの三年は大変長かったような気がした。それだけ多くの事に携わっておられたということなのだろう。

学校の校長先生になられて定年退職後、溝辺町の教育長を十二年余り務められ、通算五十三年間教育に携わられたのであるが、その大半は一貫して読書運動を推進してこられたのではなかっただろうか。

溝辺町教育長時代に東京での全国教育長会出会の折、かねてから尊敬していた児童文学者坪田譲治先生を訪ねられて「びわの実学校」のことや、童話のことや文学の話などお聞きしている中に、やはり教育に読書が大切なことを痛感したといわれる。

帰り間際に坪田先生サイン入りの新潮文庫『子どもの四季』の本を記念に頂いて大いに感激して、この時六十一歳の榎薗先生は、一層読書や、読書指導を生涯の柱としようと思われたそうである。

そんなことを考えると、先生は早くから日本児童文学者協会の会員でもあり、経歴からして根っからの文系の人だったようだ。

「何をするにも基本は先ず読むことから始まる」というのが榎蘭先生の信条だった。何冊かある先生の著書の中に椋先生が書かれた序文がある。一部抜粋させていただく。

『図書館を去ってから、校長先生になられたり、教育長さんになられたりしたのですが、どのような職、どのような地位にあろうとも、一貫して親子二十分間読書とともに歩いてこられたのです。

このことは榎蘭高雄先生の、名誉とか評判とか地位といったことを度外視して、ひたすらに、子どもたちを思い、人を思う純粋な教育者であることを示すものと思います。このことはまた、生涯をかけて、子どもの心に人の心に、美しいものを植えつけようとするほうほうたる心を示すものだと思います』（『はい、親子読書の話です』榎蘭高雄著より）

この序文で先生の傾けられた情熱とお人柄が一層しのばれる。

平成十二年十二月『県別ふるさと童話館鹿児島の童話』（リブリオ出版）が発刊され出版祝賀会に出席したとき、私は二十年ぶりに再会したのである。

そのとき久しぶりに先生とゆっくりお話することができた。

溝辺町教育長退任後は、椋鳩十文学記念館（加治木町）の初代館長として平成二年から九年間就任されたお話や、平成九年に開催の「児童文学セミナーin加治木」を機に芽生えた、「鹿児島児童文学者の会」創設にも尽力しておられたお話、今までは指導する側だったが、これからは皆と一緒に勉強して童話を書こうと思っていることなど、話しておられた。

今更ながら、以前と変わらない、長身の背筋を真っすぐ伸ばされた高潔で温かい、生涯現役のままのお姿だったなあと思い起こされる。

黄泉の国では、また椋先生とお会いになって「読書論」を語り合っておられるでしょうか。

ご冥福をお祈りいたします。

南九州児童文学あしべ第三号
榎薗高雄氏追悼特集　二〇〇三（平成一五）年　鹿児島児童文学者の会

「文芸いぶすき」五十号に寄せて

「文芸いぶすき」が五十号を迎えたという。図書館勤務の縁で、その創設からの歩みに関わってきたという自負心のせいか、感激ひとしおと言ったところである。

懐かしく思い出されるままに私なりの歴史を綴っていきたいと思う。

一、はじまりは「柳和母親読書会」

昭和三十年といえば終戦になって十年が経過していた。

戦中戦後の物資不足に生活の中の色彩も失せて、身も心も飢えていたが、厳しい食糧難も収まり、生活物資も少しずつ出回って、ようやく町に明るい兆しが見えてきた。

住宅難や就職難はまだまだ続いていたものの、夜中に空襲警報に怯えながら、ただ生きることだけに精一杯だった日々から解放されて、平穏な日常生活が戻ってきたのだ。

生活が落ち着くと、戦争中の空白を取り戻すべく母親達は、子どもの教育を真剣に考えるようになった。

急がなければ子どもは日に日に成長していき、躾などできないままに成人を迎えてしまう。

先ず、自分達が勉強しなければ、と柳田小学校のPTAの集まりで話し合いがあり、それには読書することから始めようと、同意した人達二十名余りが図書館を訪ねて来た。

指宿の図書館は、まちに外地からの引揚者や、復員兵、都会で戦災に遭って帰って来た人達があふれていた昭和二十四年に、県の出先機関である揖宿地区農業改良普及所に自らも満州引き揚げだった田原迫靖所長の尽力で併設されて創立した。

戦後復興の多難な町の財政では、自前の蔵書もほとんどなく、大方を県立図書館の「貸出文庫」に頼っていた。

その中にセットになった五十冊ばかりの「躾文庫」があり、柳田小学校の母親達は夢中になって読みはじめたのである。そして読書することの面白さに目覚め、やがて月一回、図書館に集まっては読書会を開いて、読後感想文を発表するまでになった。「柳和母親読書会」と名付けて、一年後には文集「柳和」第一集を発行した。

これが現在の「文芸いぶすき」の始まりである。

昭和三十一年十月であった。

二、読書と生活化

読後感を書いているうち、いつの間にか随想を書くようになり、月一回読書会の日は皆の前で各自読み上げる。すると、それぞれの家庭での子どもとの関わりが伺えて、自然に家庭教育のあり方に話は進んでいく。時には夫婦げんかの話、ヘソクリの話、その方法と必要性、中には、子どもとの方言でのやりあいをそのまま披露することがあったりして、賑やかに話題は尽きる事なく、次回のテーマが決められる。その後で毎回講師の指導講話がある。これには時の県立図書館長久保田彦穂（椋鳩十）先生が何度も各駅停車の指宿線に乗って来られて、ご指導をくださった。この読書会を十年間一月も欠かすことなく継続できたのは、椋先生の魅力ある講話の賜物と思う。

このような「柳和母親読書会」の活動は、市内に多くの読書グループを作るきっかけとなり、読書啓蒙の原動力となった。

「おまんさあたちも来やはんか」

「読書グループをつくれば、本をまとめて借りられもんど」

「椋先生の講話も聞けてタメになるし、おもしろごあんど」

こんな言葉が市内に広まって、色んな目的を持った人達が図書館に出入りするようになった。中でも兼業農家の主婦達の生活改善を目的とした「五月グループ」や「農業文庫」を利用して牛の飼育や、野菜作りや花の栽培方法を得て、如何に人より早く市場で多額の現金化を図るかを学んでいった人達、アイリス栽培では実益を上げ、周りの農家の人達に指導をするまでになった「まどかグループ」等……。

昭和三十年代は一般的には、長い間自分達を押さえ付けていたものから解放されて、自由に物を考えて生きられる時代に入っていたが、農村地方ではまだ旧弊な考えが頑固に根を張っていた。

読書をする女は、畑仕事を嫌っていると決めつけられて、「スロッパ（怠け者）」とか「学者《がっしゃ》さあ」などと皮肉を言われていた。

読むことさえままならなかった人たちが夜、夫や特に舅姑が寝静まってから、薄暗くした電灯の下で本を読み、生活の折々のことを書き始めたのである。早くも二集には田之畑サツエさんグループの作文がある。

田之畑サツエさんと同じグループの宮ノ前信子さんが、初めて図書館を訪れた日のことを今でも忘れることはできない。

日短かな秋の夕暮れだった。閉館間際にタオルを被った野良着・地下足袋の農婦二人連れが、遠慮がちに玄関に立っていた。

「アノー私達にも本を貸せっくいやっどかい」と。びっくりした私達職員は「勿論ですよ、どうぞどうぞ」と館内へ案内して話をした。

二人は珍しそうに書棚の本を見て回り、一冊ずつ借りて頭に被っていたタオルで大事に包んで、夕闇迫る中を後を振り返りながら帰って行った。

周囲の視線の中で身の縮む思いをしながら、野良着の下に隠し持ってお茶の時間にそっと開く。農村で女の自由な読書、そして書くことが認知されるまでには、この人達もまた十年かかったそうである。

ニコヨンという言葉を今の人は知っているだろうか。

戦後、国が行った失業対策事業の労務者の日給が、当時二百四十円だったことから、日雇い作業員がニコヨンと呼ばれた時代があった。

ニコヨンの人達は外地引揚者が多く、谷一《たにはじめ》さんもその一人で戦後中国から親子六人引き揚げて来た。そしてこれまでしたことのない、失対労務の肉体労働に従事して生計を立てていた。終戦まで何一つ不自由のなかった生活から、一転しての土方仕事である。雨が降れば仕事は休みとなる。そんな日は生活の苦しさ空しさが募る。ある日雨宿りに入ってみたのが図書館だった。引き揚げ以来初めて目にする本の集積に忘れていた読書意欲がよみがえってきた。

一冊借りて帰り、一晩でむさぼるように読んだ。

子ども達からも借りて来てくれとせがまれる。失対労務の仲間達からも頼まれて、谷さんが面倒をみるハメになってしまった。

谷さんがまとめて三十冊借りて行って皆の仕事現場に配って回る。谷さんは忙しくなった。

わずかの休み時間に仲間の所に届けに行く。谷さんは苦にもせず、走る度にキーキー音のする中古の自転車で回っていた。

谷さんが文集に投稿し始めたのは、それから間もなくだった。子どもさんたちの読書感想文も添えてあった。それを読んでいると、何か生き生きしたものを感じたことを覚えている。

三、「文集いぶすき」

この頃から市内一円に読書感想文を書いて図書館に持ってくる子ども達が出て来た。年々増えて中には詩を書いて来る子もいて、三号からは誰でも何でも良いということから誌名を「文集いぶすき」に改名した。

十三号発刊の頃、城森明朗氏（当時鹿銀指宿支店勤務）がこれまで個人的に詠んでいた市内の歌人を集めて「指宿短歌会」を結成した。次第に原稿に自分の得意を生かそうという風潮が見られるようになった。

短歌は勿論のこと、詩、俳句、川柳、エッセー、童話、郷土物語などの作品がたくさん集まってきた。そのほか、戦前の高等文官で台湾から奥さんの里、指宿に引き揚げて来られた坂口龍城さんの中国の歴史物語や、その頃既に高齢だった木之下喜蔵さんの、垂門の「豊前どん坂由来記」が書かれている。木佐貫熙氏の童話「ヒロ坊の冒険」は十二号からの連載で、誌面をにぎわしてくれた。

四、島尾敏雄先生と「文集いぶすき」

昭和五十年四月、十九号発刊後しばらくしてから、島尾敏雄先生が突然図書館に来られた。先生は県立図書館奄美分館長を退職されて、二月田の殿様湯の近くに移り住んで居られた。例の物静かな雰囲気で、雑誌棚に配架してある「文集いぶすき」をめくっておられたが、先生特有の控えめな後ろ姿に、こちらから声をかけるには何とも気後れがして、ためらっているうちに姿は見えなくなっていた。

そんなことがあって後日、二月田駅から鹿児島まで一緒の列車に乗り合わせたことがあった。娘さんのマヤさんも一緒で先生は純心短大の講義に行かれるところだった。

私は島尾先生とは初対面ではなかった。先生がモスクワで開かれた「第一回日ソ文学シンポジウム」に参加しての帰りに、県立図書館に立ち寄られた時、私もそこにいたので、久保田館長（椋鳩十先生）が引き合わせてくださったのだった。私は、先生の著書『夢の中での日常』を繰り返し読んだこと、その感想や『出孤島記』を読みたいけれどこちらの書店では手に入らないことなど話をした。先生は、「僕の本は売れないので、出版社が余計に刷ってくれないんですよ。帰ったら一冊ぐらいは残っているかもわからないので、見つけたら送ってあげます」

出せなかった。

と言われた。私はただ恐縮するばかりで「できましたらサイン入りで」と言いたいのを声には

　現在「文芸いぶすき」の表紙絵を描いておられる木佐貫熙氏が、或る土砂降りの日二月田駅から帰る女の子を車に乗せて、殿様湯近くの自宅まで送って行ったところ、玄関に出て来られた人が島尾先生だったのでびっくり仰天。その時既刊の「島尾敏雄作品集」全四冊をサイン入りで下さったという。島尾先生サイン入りの著書を持っている人はめったにいないだろう。

　さて、列車の中では島尾先生のほうから「『文集いぶすき』の編集についてはお手伝いしますよ」と言われ、私は飛び上がらんばかりに嬉しかったが「はあ…その時はよろしくお願いします」とだけやっと言えた。そして先生は「僕が原稿を書いている時はできませんが、それ以外の時だったら、まあ声をかけてみてください」と言われ、風呂敷包みから取り出した原稿に向かわれた。

　このようなことがあってから、「文集いぶすき投稿者のつどい」を計画して島尾先生に当日の講演を依頼した。「いいですよ」と意外と気安くご返事をいただいてほっとした。

　ただ、講師謝礼が指宿市の規定では五千円しか出ないことを、身の縮む思いで了解を得た。他の団体に持ちかけて共催にする手だても知らず、ずいぶん失礼なことをしたなあと、今でも若い日の恥を思い出す。

作家島尾敏雄先生のお話が聞けるということで、市役所三階の講堂で開催した「集い」には創刊号から二十号までの投稿者が、ほとんど全員出会した。

講演が終わって帰り際に、ミホ夫人が「遊びにお出で下さい」と言われ、私は「はい、有り難うございます」と頭を下げると「是非いらして下さいね」と念を押された。しかし自宅には行きそびれてしまい、文集の方も先生が執筆にかかっておられる時期とかち合ったり、ミホ夫人が病気中だったりで、ご指導を受ける機会もなく五十二年九月に茅ヶ崎の方へ引っ越してしまわれた。

島尾先生と「文集いぶすき」のかかわりはそれっきりだったが、これを転機に二十一号から「文芸いぶすき」として発刊することになった。

これまでの投稿者たちの、文芸の世界に広く深く目を開こうとの思いからであった。

五、「文芸いぶすき」

改名はしたものの、文芸誌として質の向上を図っていくか、あるいは、書くことに不得手な人にも呼びかけ、多くの人に参加してもらうことに文集としての意義を認めるか、両論に悩みながら原稿や表紙絵の依頼、催促に走り回ったものだった。題字は十三号から四十八号まで幸野白蛾氏が自発的に書かれたもので、表紙絵については二十五号から二十八号までを、指宿高校の美術教師として赴任しておられた向井実先生に、扉の写真を写真家の野村四鶴雄氏に、二十九号から三十二号までの表紙絵は向井先生後任の片倉輝男先生にお願いした。お二人とも二科会に所属しており、鹿児島で個展も開かれた方々である。

片倉先生が転勤されて三十四号まで開聞町出身の画家、加治美智也氏に依頼した。三人とも一時《いっとき》なりとも指宿にご縁のあったあかしにと、無理にお願いしたわけだけれど、お忙しい中にも快くお引き受け下さったことなど、懐かしく思われてくる。

「文芸いぶすき」は確かにこの辺りから充実してきた。郷土史あり、エッセーや、戦争を体験した人の記録文あり、歌や句に詠まれた時世などもあって、後世に残す伝言として貴重な作品群であると思う。

自分の著書を出された人達、また九州芸術祭文学賞鹿児島地区優秀賞受賞者や、南日本新聞新春文芸に入選、佳作になった人、或いは「文芸かごしま」に選抜された人達がいるが、きっかけは大方の人が「文芸いぶすき」投稿への意欲が原点ではないだろうか。

行政が予算を組んで、市民が自由に表現できる文芸誌が、五十号も続けられたことは特異なことであり、郷土にとって貴重なことであったと私は思う。

「文芸いぶすき」第五十号記念誌　平成一七年十一月

クリスマスおはなし会

昨年の事だった。

師走に入りせわしい日が続く中、恒例の「クリスマスおはなし会」を計画した。

私達は三十人くらいの子ども達を集めて毎月地区の公民館で「お話会」を開いている。

例年になく寒い日が続いて、メンバーが次々と風邪をひいて見通しがつかないでいた。

本人は治っても家族に手がかかったり、学校行事と重なったりして、ＰＴＡ役員を引き受けている人はそちらを優先することになるから、子ども達には申し訳ないが十二月のお話会は中止しようかと迷っていた時、会員のうち二人からどうにか都合がつきそうだと連絡がきた。

その頃私も寒気がしてお腹がきりきり痛み、床についていた。

後三日しか余裕はないが三人いたら何とかなる。こうしては居られない。起きて、めったに開けたことのない常備薬の箱の中から、風邪薬を探して飲み、公民館へと急いだ。

早速開催案内のチラシを作り、印刷して、真っ先に近くの小学校に持って行くと、待ちかねていたように、図書係の先生から、

「四年生の直美さんがですね、先生、お話会のこと何も聞いていませんかって何度も聞きに来

るんですよ」と言われた。

そして、

「あの人達どうしたのかしら。今月はしないつもりかしら」

と二、三人の女の子達で噂していることも聞いた。

「大丈夫、大丈夫」

つぶやきながら、次の配布先の幼稚園へと急いだ。そこは降園間際だった。残りのチラシは
スーパーに置かせてもらう。

ヤレヤレどうにか間に合った。気のせいか気分の悪さは治っている。当日のテーマは、クリスマスだから何の本を読み、何をお話をするかは夜電話で連絡して決め、プログラム作成は又夜更けになるか……。そんなことを考えながら、帰路車を走らせていると、ふと先ほど学校で聞いた女の子達の言葉を思い出した。

オバサン達をつかまえてあの人達とは……。フフフ。

当日、「これから始めます……」

話し手が子ども達の前に座ると、子ども達の目は今日はどんなお話をしてくれるのだろうと、期待に満ちあふれて体を乗り出してくる。一年生のお兄ちゃんと毎回欠かさずに来ている三歳のはるかちゃんも、膝を揃えてチョコンと座って話し手の方をじっと見ている。

いる、いる、常連の女の子三人連れも一番前に座っている。お話が始まると子ども達はもう話の中に入ってしまったのか、体を左右に動かしたりうなずいたり、思わず声を出したり、目は一層輝いて膝をずっていつの間にか話し手の前に寄ってきている。終わっても大きなため息をしてしばらくは誰も動かない。子ども達の心の中にはどんな世界が描かれているのだろうか。

映像文化の中で育っている子ども達ではあるが、オバサン達の手づくり人形劇に立体的温かさを感じ取っていたのだろう。生の声のお話や絵本の読み聞かせは、出来栄えはどうであれ、話し手の心を込めたメッセージともなって聞こえていると思う。

今年はねずみ年、二月のお話会には人間社会を物語っている「ねずみの嫁入り」を一人の会員が、タペストリーおはなしとして語るそうだ。私は三十分もかかる翻訳絵本『番ねずみのヤカちゃん』の読み聞かせの準備にかかっている。

「流域」

五　古いポケット

新年のあいさつ

かねてから筆無精な上に、年末は用事に追われて一日の立ち回りが悪く、この何年か年賀状を元旦に届くようには出せなくなっている。

「思い切って止めたら？」

と友人は言うけれど、いや、そういうわけにはいかない。出さないと毎年欠かさずくださる先方に申し訳が立たない。

年に一回のハガキ一枚だが、お世話になった先輩や年輩の方々に日ごろの非礼を詫びて、改めてあいさつをしたい。自分の気分を刷新する機会にもなる。

幼児期、神戸の両親のもとにいた頃に近所にジュン子ちゃんという幼友達がいた。

彼女は私とは対照的で、いつもハキハキしていて跳んだり走ったりで行動的。

それでいてお行儀が良く言葉もていねいだった。毎朝「ミッチャンあそびましょ」と誘いに来るのは彼女の方からだった。

元日の朝、玄関で、

「オメデトウゴザイマス」

という女の子の大きな声がする。

「ホラ、もうジュン子ちゃんが来た」

と言って出て見た時にはもう彼女はいなかったが、名刺盆にカタカナで、

「オメデトウゴザイマス、ジュンコ」

と大きな字で書いた葉書が置いてあった。

父はそれを見て「ほう」と感心していたが、私にも「早く行っておいで」と自分の名刺を持たせて出してくれた。

町内会や近所の大人達はそれ程のお付き合いは無くとも、正月だけは名刺を持って玄関であいさつしていた。中には父の職場の人も遠くから来て、玄関先であいさつをして、私と弟にお年玉を渡して帰って行く人もいた。

かねて仲良くしている子どもにも、新年のあいさつをさせるという、子どもの世界を大事に考えてくれていた彼女のご両親はどんな人達だったのだろう。四、五歳の頃だからそこまでは覚えていない。

ジュン子ちゃんは、私の足のギブスが外されて戸外に出られるようになってから、初めて会った友達だった。

戦後年賀状のやり取りが盛んになって、いつの頃からか同じ町内に住んでいる人にも出すよ

うになってから、正月に正装して新年のあいさつに出掛けて行くことはすたれてしまった。

それだけに賀状を出す数は年々増えてくる。

一年に一度だけお互いの消息を確かめ合い、いつまでも繋がっていたいという願いもある。趣向を凝らして印刷された賀状にひと言添え書きがしてあるだけで、その人の顔が見えてきて直接言葉を交わしたような気分になる。

元日の朝、輪ゴムで束ねられた賀状を郵便受けから出すとき、ずしりと重い感触にワクワクしてくる。

賀状はやはり日本人の美しい習慣であり文化ではなかろうか。


「流域」

「朝のとっておき」ＭＢＣラジオ

古いポケット

先日お話研究会が開かれた。研究発表をされたのは三十歳くらいの男性だった。話に聞き入っていると「ジダ」という言葉が耳に飛び込んできた。地面という意味の懐かしい鹿児島弁である。目の前に飛んできた草野球のボールをとっさにうまく受け止めたような気持ちになり、私は〈そのまま、そのまま、その調子で〉と心の中でつぶやいていた。

しかし、彼はすぐ標準語に言い換え、それきり私の期待した方言は使わなかった。

小学校四年生のとき、学校で方言使用禁止令が出された。戦時中のことである。標準語に慣れていないと、卒業して軍隊に入っても、都会へ就職して行っても不自由するからと、鹿児島県教育界の方針になったのである。

標準語といっても、当時テレビなど無論なく、ラジオのある家も少なかった。

お手本になるものや指導する先生も足りなくて、まずは教科書に載っているような言葉を使えばいいだろうということになったが、アクセントまでは誰も教えてくれない。それでみんな鹿児島的標準語、つまり「からいも普通語」を身につけてしまったのだった。

県外から引っ越してきてまだ間のなかった頃、私はようやく祖母や回りの友達の使う鹿児島弁に慣れ、実感のこもった言葉に親しみを抱きはじめていた。朝、学校へいくとき「おばあさん行ってきます。今日は、はよ、け戻って来っで」などと言って、学校で何事かいやなことでもあったのかと、祖母を慌てさせたりした。「ケ」がつくと意味が少し違ってくることまでは、まだ知らなかったが、こんな面白い言葉が外にもたくさんあるのに使えなくなるなんてつまらないと、方言禁止令を恨めしく思ったものである。

　あれから数十年、方言で話す人はほとんどいなくなったが、郷土の言葉は文化として見直されている。昔祖母達から聞いた、今はもう死語になっている方言をたまに耳にすると、幼友達に会ったように嬉しくなり、私も時々、古いポケットの中を探ってみるのである。

「文芸いぶすき」第四十四号二〇〇〇（平成十二）年

死亡広告

このところどういうわけか知人が次々に亡くなってお悔やみ続きである。友人から連絡をもらうときもあるが、大方は新聞の広告で知ることが多い。

死亡広告が葬式の当日掲載され、たまたま大事な用事をかかえていたりすると、時間のやりくりなどあれこれ思い煩うことばかりに時を費やしてしまう。また、日常の雑事に追われ、すっかりご無沙汰している方の訃報はショックも大きく、多大な恩に報いることなくお別れの時を迎えたことにとても切なく、申し訳ない思いが込み上げてくる。

広告に目を通すのが夜になってしまい、式に参列できなかったことも何度かある。

以前図書館勤務をしていた頃、お世話になった人達が老齢期に入って、病院通いや入退院を繰り返していたことなど後になって知らされ、お見舞いの一つもできなかったことが悔やまれたりする。

教員だった故岩松先生は、郷土小説の作品集を出版され、自作自演の童話はプロ級の方で、図書館の文芸誌作りや児童室運営にも尽力をいただいた。医者の故勝又先生には娘さんとお茶の稽古で一緒だったこともあって流感にかかった度に、ご家族にまでお世話になった。その外指宿の図書館創設の立役者、故田原迫靖さんの奥さんも。

中でも思い出深い方がつい最近亡くなられた。

徳永社長は戦後シベリアから復員してきた元軍人で、初めて指宿市で汲み取り業を始めた人である。その頃指宿には汲み取り業者がいなくて皆困っていた。戦前農村では畑に肥料として使用していたが、それを運ぶ人も兵隊にとられて廃業になっていたのである。徳永さんは誰からか頼み込まれたのだという話を聞いたことがある。

今でこそ衛生面でも完備されて充実した近代的な浄化管理センターが建っているが、終戦当時は生活する上で欠くことのできない最も必要とすることながら、誰も手をつけようとしなかった。それは決してきれいな仕事ではないし、皆敗戦の混乱で気力を取り戻せなかったせいかも知れない。

薩摩のボッケモンを絵に描いたようなタイプの徳永さんは、初めは中古のバキュームカー一台で若い男の子を一人雇い、二人で朝から晩まで雨の日も走り回っていた。途中車が満杯になると、汚物を人里離れた所まで運んで処理し、次の依頼者のところへ急ぐ。一台しかない車だから奥さん一人事務所での受付もたいへんだったらしい。地区毎に日程を組んでいても突発的なこともある。

汲み取り依頼の連絡をしてから、未だ何日も待たなければならない時など、私は「そこを何とかして」と食い下がり「図書館のように外から人が出入りするところは予定どおりにはいきません」「だったら早めに言え」。こんなやり取りは度々だった。

長年のうちには世の中も落ち着き、会社も大きくなっていった。図書館の方も近代設備の整った新館が建設されて、市役所も下水道工事が始まったので、市内に水洗トイレが普及し、公私共に汲み取りは用済みになったが、電話での喧嘩腰のやりとりは印象に残っていたらしく、彼はその後も私とは気さくに接してくれた。図書館の期限付のパート職員を事務員に採用してもらうよう頼みに行ったり、寄付のお願いに行ったり、今思うと仕事の上でのことだったけれど、随分お世話になったものと思う。享年八十八歳。

連続で葬式があったせいか、新聞を開くと死亡広告から先に目が走るくせがついてしまっていることに気づく。そして亡くなった人が四十代や五十代だったりすると、未だ若いのに家族は？　子どもは？　学校は？　と、他人事ながら気の毒に思う。

昔の平均寿命は五十歳と言われていたけれど、戦争によって二十代の息子が、親より先に亡くなることが多かった。子どもに先立たれる親の気持ちはどんなだっただろう。しかし今は、働き盛りの四十代・五十代の子を亡くした七十代・八十代の親達の気持ちの複雑さの方に思いがいってしまう。

亡くなられた方の年齢とその家族構成に、自分なりの想像を重ね合わせてみては、まるでその人達の身内のように気持ちを沈み込ませてしまっている。どうやら新聞の黒枠記事をさっと見過ごせぬ年齢になってしまったということであろうか。

「流域」

安心の味

昨年、暮れの押し迫った日だった。

夕食の用意をしていると玄関のチャイムが鳴った。今手が離せない。ハイ、ハイと返事だけして台所から動かないでいると、また立て続けに鳴り出したので、ガスを止めて出ようとしたら今度は、

「宅急便でーす」

と大きな声。今頃何処からだろう。予定していたいつもの所からは大方届いている…。快気祝？　忌明けのあいさつ？　そういえば昨年の正月明けに坊津からブリを送ってくれた知人がいたが、もしかしてその人が今年は年内に送ってくれたのだろうか。

印鑑を持って出てみると、なんとそこには、大根とニンジン数本、今畑から根っこごと引き抜いてきたらしいキャベツを両手にぶら下げた紳士（?）が立っていた。

「なあんだ、タダオちゃんね。びっくりするじゃないの」

鹿児島へ行った帰りに今畑から採ってきたばかりだと言う。

「僕の野菜は形はおかしいけれど、生きているよ」

なるほど、ずんぐりした大根の半分先は二股になっている。だが大根葉は青くて勢がいい。ところどころ虫食いの跡があるが、でも大丈夫、きれいに洗って湯がけば食べられる。ニンジンの葉も捨てられない。化学肥料を使わない貴重な無農薬野菜だから。

彼は昨年春、小学校の教師を定年退職してから、親が残してくれた畑で自家菜園をやっている。野菜作りは盆栽より手がかかるそうだ。

その時季の野菜が終わると、畑に空間をつくらないように次に植える野菜の種を蒔き、苗を育てていく。油断をすると畑中に雑草がはびこり、虫のすみかとなって作物を食い荒らし、手がつけられなくなるそうだ。

彼はかつて在職中、農業で名高いE町の小学校に赴任していた時、その町の農業のやり方に驚いた。

E町の畑は広い。一度しくじると何千万円かの赤字となる。農家の人々は天候の異変を気遣いながら、病害虫には一般の人には想像もできない位の労力で立ち向かっていた。

一作毎に土壌消毒をして、種も消毒したものを蒔く。発育が進むにつれて予防のための農薬散布があり、作物によっては収穫までに何回か散布するのである。肥料は植え付けの時だけは堆肥を敷き、後は追肥する度に化学肥料が使われる。『複合汚染』の本がベストセラーとなり広く話題になったのはこの頃だ。

E町での住まいの周りは畑だったから、農薬散布が始まると夏でも家中の戸を閉めて過ごしていたそうだ。散布する人は内臓疾患にかかりやすいそうだ。彼は、通院しながら畑仕事をする人を何人も見ていたので、こんな農業の恐ろしさを思い知らされて、無農薬野菜作りに踏み切ったのである。

また一方で、私の友人のMさんは、農大在学中に日本有機農業研究会会員になった。京都生まれの奥さんと結婚して、指宿で有機農業を始めてから二十年になる。

この人達は田圃や畑の土作りから始めたので肥料にもたいへんこだわっている。

堆肥は飼育している牛の糞に藁を混ぜて熟成したものを使う。その他の肥料で欠かすことのできない窒素や燐酸やカリウムなどは化学物に頼らざるを得ないのであるが、Mさん達はそれに相当する肥料を、酒糟とオカラに土着菌を混ぜて自分でボカシ肥を作り、追肥に使っている。ボカシ肥は土のビタミン剤の役をするのだそうである。

私が子どものころ食べたトマトは青臭いにおいがした。真っ赤に熟したのを食べると酸味があって、塩を振りかけると甘みを引き出して一層美味しかった。キウリはイガイガがいっぱい付いていて素手では洗えないくらい痛かった。キウリをもむにおいは外で遊んでいる所まで追ってきて、食事時を知らされた。

ニンジンはいつからにおいがしなくなったのだろうか。品種改良の結果ということも考えられなくはないが、化学肥料によって土が変わってしまったせいではないだろうか。子どもの頃、ニンジンやヘチマはにおいが強くて、嫌いな野菜だった。祖母の前では残すことはできないので、鼻をつまんで目をつぶって食べたものである。

スーパーの野菜コーナーには季節を問わず品物が豊富に揃ってはいるが、においのしなくなった野菜は個性がなくなったような気がして、さみしくなってくる。

タダオちゃんが届けてくれた野菜の中から、大根葉を早速湯がいてチリメンジャコを入れて炒り煮にして、薄口醤油で味付けして食べた。ニンジンの葉もさっと湯がいて豆腐を入れてカラッと炒り上げると、野性的なにおいが残っていて美味しかった。安全というプラスアルファが付いているから尚美味しい。

この味は私が成長した時代の味である。何だか亡き祖母の懐に帰ったような気さえしてくる。

私の家の隅っこには今、葱とニラしか植えていないが、自然食愛好家達のお陰で、微生物をいっぱい含んだ土の中で育った生きた野菜を、しかも季節感を味わいつつ、安心して食べている。

「流域」

店じまい

新聞に店じまいセールのちらしが入っていた。それは以前からよく知っているA子さんの下駄屋の店じまいの通知であった。

A子さんは老舗三代目長男の嫁であったが、ご主人は二人の子どもがまだ幼い頃飛行機事故で亡くなった。跡継ぎであったためか、まだ若かったA子さんはそのまま舅、姑と一緒に店を続けてきた。やがてその二人も亡くなり、子ども達も成人してよそへ出て行った。それでも一人で頑張ってきたが、大型店などの進出で客足は遠のく一方。ついに病気がちになり、近く娘さんに引き取られるのだと、噂に聞いていた。

その店の全盛期を知っているだけに「店じまいセール」の文字に一抹の寂しさがただよう。

私の子どもの頃は盆や正月がくると、一家中の下駄が新調された。

秋の収穫が終わると、農家では荷馬車や大八車に乾燥葉タバコを積んで専売所に納入して、その帰りには周りに立ち並ぶ市で農具や家族の衣類などを買い求め、下駄屋に行って下駄の台と鼻緒を選び、それをすげてくれる職人に託す。待っている間に何人もの職人が順番にすげてくれるのである。

私はその職人さん達にことあるごとに世話になっていた。

「おじさん、私には片方だけきつくして」

祖母の袖をしっかり掴んで精一杯言うと、おじさんは眼鏡の奥からけげんな目で私を見つめる。祖母が、

「この子は足が悪くて特に片方の足は力が弱いから、下駄が足から抜けんごとしてくいやい」

と訳を話すと、おじさんは大きくうなずいて仕事にかかる。鼻緒をすげ終わるまで私はおじさんの手元を目を離さず見ている。

きつくしめてもらった下駄は履くと歩きやすい。しかし履いているうち、鼻緒は緩くなってきて足を踏み外すことが度重なり、捻挫は何度もした。後遺症で今でも水がたまって痛むときがある。

あの頃、古下駄の鼻緒を何度も締め直してくれたおじさん達に、お世話になったという思いは、今でも忘れない。履きやすくなった下駄を大事に持ち帰る背後からかけてくれた「はんとけんごっ戻いやい」の言葉までも。

店じまいには親戚の人達が手伝いに来ており、客はA子さんの友達や知人が大勢来て賑わっていた。こんな時は一人でも多くの人が出入りした方が良い。せめてもの思いは皆同じのようだ。子どもの頃からの色々な思いでつながっていた老舗が、また一つこの町から消えていく。

私はこれから先も履くことのないと思われる下駄を一足買った。

「流域」

藁屋の名馬

藤沢に住んでいる義弟から突然分厚い封筒が送ってきた。

この人達から手紙が来ると、読まないうちから身構えてしまうのは、常日頃からのこと、不思議と私の勘が働く。封を切るとやっぱり……。

「ン？　何？」

五年前、義弟は指宿にある先祖から受け継いだ土地に家を新築した。その図面が入っている。かなりな家で、庭だけでも庭師をさいたま市からわざわざ連れて来たというから、住宅に至っては相当な贅を尽くした様子が窺える。

落成してからこれまで、年に二、三回は帰郷して、庭の手入れや家の風通しなどしてきたようだったが、雨戸を閉めたままの家は傷みも早く、人が住まないままに中古住宅になってゆく。ついに管理に音をあげて、私に移り住んでくれないかという依頼である。

文面は全部ワープロで、妹の肉筆一行も添えてない。もう一度読み返してみて、丁寧な言葉遣いではあるが、《断らせないぞ》と言っているように読み取れてしまう。「何、これ…」

二人の息子は独立した。一人は防衛大へもう一人は特許庁へ就職し、結婚と同時にマンションを買ってやったそうだから、この子達が両親の郷里に帰ってくることは恐らくないだろう。老いた両親も亡くなり、区画整理で古い家は取り壊されてしまったので、義弟は何にこだわっていたのか、家族が反対するのを押し切って半ば強引に家を建てたのだった。

いずれ自分たちが定年退職後に帰郷して、静かに過ごそうとの思いだったのだろうか。子ども達は生まれ育ったところがふるさとだろうし、妹にしても住み慣れたところがもうふるさととなっているだろう。家族全員が振り向こうとしない事態になってしまい、今になって弱腰になり、持て余してしまっているのだ。

各部屋は冷暖房の設備も整っており、彼の言うとおり広くて快適ではあろうけれど、《住まい》は単に家屋そのものだろうか。

今私が住んでいるところは町地区である。

台風や梅雨時には、前の小さな川が溢れて床下浸水には度々悩まされるが、市の温泉が各家庭に引いてあるので便利で冬も暖かく、東南の角地にあるため、東側の勝手口からも、南側の玄関からも、通りがかりの誰かが声をかけてくれる。

時には玄関に「あなた好みの無農薬有機栽培自家製」とメモの入った野菜や漬物が置いてあったり、賞味期限何時と書いた煮物がタッパーに入れて置いてあったりする。

隣人の有り難さと言えば、一週間前のことだった。強い雨が降った日の夕方、突然近所のＹ

さんからの電話で、

「道路に水が溢れてきたから車を避難させた方が良いのでは？」

と言ってきた。十九時の満潮まで後一時間はあるが、大潮の警報も出ていたので油断はできない。すぐ前の空き地が五十センチぐらい地面が高いので、暗くならないうちにと雨の中車を移動させた。案の定川の水面が道路を越えてきたので素足になって漸く帰ってきた。しかし雨は間もなく止んだ。

また電話がかかってきて、

「マー坊がね、バーちゃんもお母さんも二人ともお節介やきが！　雨は止んだじゃないか、と私達を怒るんですよ、ごめんなさいね」と言う。

私は「感謝していますよ」と言いながら、はにかみ屋の中学二年生のマー坊の顔を思い出して、つい吹き出してしまった。

ここに住み着いて三十年近くになるが、これまでの私の生活では一番長く住んでいる。

庭の松の木が、台風がきても枝一つ折れることもなく力強さを感じさせるのは、それだけ、しっかり根を張っているからだろう。私も周りの人達に助けられながら充実した生活が営めるこの地域に、私なりの根をおろしている。

茶道名言集山上宗二記の中に、茶道の心の教えとして「藁屋の名馬」という言葉が出てくる。私はこの言葉を私なりに解釈して、古ぼけた藁屋にも等しい貧弱な家に住んではいるが、私はその中の名馬でいたいと思っている。対照的な言葉に「御殿のブタ」というのも聞いたことがある。

新しい家はそれなりに管理に時間もかかるし、気遣いもある。そんなことに浪費するよりも自分のために貴重な時間を使っていきたい。

「流域」

古新聞賛歌

近頃家の中が妙に片付かなくて落ち着かない。新聞紙がうんざりするほどたまっているからだ。私の性格からいって読んだからハイ、リサイクルという訳にはいかない。

読み終えると、まず書斎にしている広縁の隅に重ねておく。縦に横にと区別しながら置いているので、煩雑でなおさらちらかっているように見える。これは切り抜きをするために仕分けているのである。

「さあ、今日は時間がたっぷりあるぞ」となれば、切り抜きに取り掛かる。しかし予定の記事はいいとして、見落としていた記事に目が行き、読み耽ってしまったり、あるいは不意の来客や長電話に邪魔されて、一向に進まないことが多い。

切り抜きが仕事の一部であった図書館勤務の頃は、かなり効率的に作業ができていた。

朝出勤すると、全職員で書架整理など開館準備にかかる。その後十紙の新聞に目を通し、郷土資料として保存する記事に印をつけて切り抜きやコピーをするのが、入館者が来るまでの私の仕事であった。後でそれらは種類別に切り抜き帳に整理されて、一般閲覧者の調査研究に役立ててもらっていたのである。ところが閲覧者が自分一人だけとなるとこんなありさまになってしまう。

一昔前までは新聞は読み終えてもとことん利用されていた。

家で読み終わった新聞は新聞紙といい、三日も過ぎると、古新聞紙となる。「三日前の古新聞」という歌が流行したのはいつの頃だっただろうか。その古新聞がいろいろな時に活躍していたのである。

パリッとした新聞紙に包まれた弁当は中身まで美味しそうに見えて、それを持たせた家族の清楚な折り目正しさも窺わせた。

小学校の習字の時間では、いきなり真っ白い半紙に書くなどは以っての外で、新聞紙が真っ黒になるまで練習してから半紙に清書するものであった。新聞紙が真っ黒になったことで充分に練習ができたと思い込み、半紙に書いてみると下手くそだったりした。

洋裁や和裁の教材にも使っていた。洋服の型取りや一反の着物を裁つ練習などに…。私達が女学校に入学した時は、戦争が始まっていて、反物が手に入らなくなっていたので、新聞紙を長くつないで反物に見立てて、身頃だの袖だのと和服の裁ち方を教わったものである。

また、焼き芋の包み紙やフライパンの油拭きにも重宝した。特に揚げ物の下に敷いたり包んだりにはなくてはならないものであった。

法事や祝い事を自宅でするころ、手伝いに集まって来る近所のおばさんたちの中に、バラ

（大きなザル）に今揚げたばかりのガネ（芋の天ぷら）を二つ三つ新聞紙にそっと包んでくれる人がいた。いつもはおっかないおばさんで通っている人が、こんな日は人気を取り戻すのである。

雨の日、今のように舗装道路もなく便利な乗り物もなく、水たまりの田舎道を学校から帰って来ると、濡れた靴の中に新聞ガミを丸めてつま先から順に詰めて湿気を取っていた。詰め方にも要領があって、詰め過ぎてもいけない。要領が悪いと次の日は乾かないまま学校に履いて行くことになる。

その他にも鼻をかんだり、トイレの落とし紙になったりして、用済みになるまでしっかり利用されていた。そういえば、向田邦子の「父の詫び状」の中にも新聞紙を利用した話がのっていた。

秋空の澄んだある日、私には忘れられないことがあった。

今ではあまり見られなくなったが、大掃除の時大方の家では畳を上げて床板まで乾燥させていた。その時決まって新聞紙が一面に敷いてあった。

そんな中に一カ所だけ折り畳んだままの新聞があった。

広げて見ると、日支事変が始まって間もなく戦死した叔父の記事が掲載されていた。当時の

「流域」

「鹿児島新聞」に写真入りで戦死の状況が詳しく書いてあり、小学校低学年だった私には戦争用語のわからない漢字や言葉があったけれど、わかる字だけ拾い読みしながらその経緯を初めて知ったのだった。

新聞記事の叔父の写真は軍服姿で、顔は、休暇の折にその頃私達が住んでいた横浜の家に、勤務地の横須賀から訪れていたそのままの面影だった。写真に見入っているうち、私がまだ両親の元にいた幼い日のことが思い出されてひとしお懐かしく、涙ぐみそうになるのを祖母たちに見られないよう、あわてて新聞で顔を隠した。

畳の下から発見された貴重な新聞、一体誰がそんな方法を考えたのであろうか。おそらく叔父の弟か妹が気を利かせて、一番紛失する恐れの少ない、そして長く保存できる場所として畳の下を選んだのだろう。一族皆が慕っていた叔父、その優しい人柄と母たちきょうだいの強い絆を感じさせられた。

新聞が片付かない…などとぼやきながら、私は今日も懲りずに過去の記事を読みあさっている。

ある出会い

二〇〇六年、私は佐賀大学病院で正月を迎えた。正月三が日が過ぎて病室の見舞い客も少なくなり、平常の静かな雰囲気になった頃、私は手術の日が迫ってきて落ち着かない時間を過ごしていた。

いよいよ明日手術という日、主治医は朝から何回も病室を訪れては顔色を見たり「いよいよですね」などと冗談ともつかない話かけをしてきたりした。私を気遣ってのことだろうが、「ドキン」と心臓が外に飛び出すような気がしたり反対に妙に穏やかになったりの気分であった。

同室の動ける人達は手術に必要な身の回りの足りないものを、売店で揃えてきてくれたり、或いは自分の手持ちの余分なものを譲ってくれたりして準備万端調い、一息ついていると、二十代の頃に手術をしたときのことが思い出されてきた。

あの頃は若かったし、先々に大きな確かな目標があったから、少々の手術の辛さは我慢できると思ったものだった。

けれども術後は大変だった。麻酔がきれる頃になるとじわじわと痛さが押し寄せてきて、とうとう生身を引き裂くような激痛となり、それが一週間も続いたのだ。あの恐怖は今でも忘れられないなあと当時の思いに暫く耽っていた。

すると急に名前を呼ばれ、顔を上げると、若い美しい女医さんがベッドの横に立っていた。

「明日の手術で麻酔の担当をしますのであいさつにきました。麻酔科のTです」

私はびっくりして「あいさつに、ですか。先生ご自身が麻酔をされるのですか？」

思わず出た言葉であったが、随分失礼なことを言ったものである。

腰椎麻酔は、浮き出た血管に注射針をさすのとはわけが違う。痩せた人、太った人、大きな人、小さな人さまざまな人がいて、しかも神経に注射するのだから突っつきまわさないで一気にさしてほしいのだ。手術台に上ってから腰椎麻酔がかかるまで絶対に時間をかけないでと願っているのである。麻酔がかかったのを確認してから眠らされるのであるが、それまでは不安で仕方がなくビクビクがガタガタ震えに変わってゆく。無菌室だから室温は低いらしいが、麻酔医は患者の心臓の動きや血圧と容態を見ながら麻酔をかけてゆく責任重大な役割なのである。

美人の麻酔医は明日の麻酔の手順について細かく説明した。ていねいな話を聞いていると話そのものは分かるけど、やはり不安や恐さはぬぐいきれない。

「どうして麻酔を女の先生がなさるのですか？　私は男の先生がなさるのだとばかり思っていたものですから」

「麻酔科はね、今は八〇パーセントが女性です」

と女医さんは答えられた。

「へえーそうなのですか」

一向に納得しそうにない私の顔を見て、

「麻酔はね、女の人に向いているのですよ」

と続けて、女性は細かいところに気配りができること、台所に立って同時にいくつものことを頭に入れて手順良くこなしてゆくのも女性であることなど、色んな例をあげて話された。私は漸く納得した。

時代は変わってきているのだ。

女医さんはそれから、

「オオヨシさんは鹿児島の方ですか」と聞かれた。

「カルテに鹿児島と書いてあったので懐かしくなって」

「鹿児島と何かご縁があるのですか」

と聞くと、池田学園出身とのこと。ラ・サールに行こうとしたけれど、あそこは男女共学ではなかったので池田学園に入学した。知人一人もいない鹿児島で過ごし、そこから佐賀大医学部を受験したことなど自ら話された。

「あそこは有名な進学校ですよ」と言うと「そうなのですか」と青く澄んだきれいな目が一層開いたようだった。

こんな会話を交わしているうちに、明日受ける手術に対する心の重さがすこしずつ薄れてきて、安定剤を飲むよりも何よりも良いカウンセリングになって、安心感が湧いてきた。

美しく優しいその麻酔医は三十歳そこそこだろうか。時任伸子先生という方だった。

手術の日、手術室に運ばれて手術台に寝かされ、横になって体をくの字に曲げていよいよ麻酔の注射が始まった。

「足先をさわっているのがわかりますか」

彼女のキビキビした声が聞こえてきた。

「今どちらの足をさわっていますか」

「点滴に眠り薬を入れます」

何回か言われて次第にわからなくなり麻酔医の声が遠くなっていった。

生きている限りは不自由ながらも自分の足でゆったりと歩いていきたい。

そんな私の願いは、幸運な出会いを重ねて叶えられ、幸せな今日があることに深く感謝している。

「流域」

さしあたっての日々

九人の有志で、毎月「広報いぶすき」をカセットテープに吹き込むボランティアを始めてから、一年余りが過ぎた。

正式には「音声訳奉仕」と言うのだそうだ。

この仕事は、一昨年の暮れに市の福祉事務所から、私達お話し会メンバーに相談が持ちかけられて始まったのである。

急ぐので何とか五人揃えて、さしあたって三カ月引き受けてほしいということであった。

「朗読」なら一般の人よりは少しは役に立つのではないかと、安易に考えて承諾してしまったが、いつもの悪い癖が出た感がある。

始めてみると、子どもの本は読み聞かせられても、目の不自由な方に向けて、行政のことから、生活全般にわたる記事をコーナー毎に内容を把握してから読んでゆくのは、たやすいことではなかった。中には意味の分かりにくい表現があったり、リズミカルに流れない文章などがあって、担当課に問い合わせたりして判読してゆく。その上図表や写真をどのように読み伝えるか難しい問題がたくさん出てきた。

三カ月というのは、新規事業の準備のための試行期間だった。その実績で新年度の予算が獲得できるかどうかがかかっていたから、気は重かったが好奇心もあった。

指宿地区広域一市四町（当時指宿、頴娃、開聞、山川、喜入）の障害者社会参加促進事業の一つで、初めは五人だけで一人一町の広報紙を受け持つことになり、私は山川町担当になった。

毎月「広報やまがわ」が、カセットテープといっしょに送られてくると、下読みに二、三日かかる。

健康コーナーでは医学の専門用語が出てくる。地区名や人名の読み方などは、よその町なので広報係りの人に入念に確かめる。すると、いつの間にかその地区の歴史や風習などに話が弾んで横道にそれてしまって、後まだ片面七十分に納まるように、朗読の速度調整や声の調節までしなくてはならないが一向に進まなくて、音訳にかかるのはいつも夜中だった。雑音を避けるためには、却ってよかったのかも知れないが。やっと出来上がったら、明くる日は山川町役場まで持って行く。

やっと終わったと一息つく間もなく次の号が送ってくる。このころの一月はとても早かったように思った。

試行期間が終わって、各町の講習を受けた人達が、昨年七月から自分の町を受け持つようになり、私達も指宿市の広報紙だけを読めばよいことになった。

今、指宿は九人のメンバーで音訳する人、ダビングする人、三人ずつのローテーションを組んで、図書館の視聴覚室で交替でやっている。

今年度になって漸くスムーズに運ぶようになり、気持ちの上でも余裕が出てきた。皆家族がいて、外に仕事を待っている人達だ。それでも家事や仕事をやりくりしてまで、自分ができることを社会福祉のために役立てたいと張り切っている。

福祉のボランティアにはこの外に、手話通訳や、要約筆記、英訳、ヘルパーガイドなどがあるが、若い母親達が頑張っているのには頭の下がる思いである。

介護保険制度になって、若い人達がホームヘルパーの資格を取得し、老人介護の仕事に意義を見いだして、安い賃金ながらも外に出て何かをしたいという積極的な姿が多く見られるようになった。

私達、三十代から六十代までの九人中七人は「お話会」のメンバーであるが、さしあたって、六十代の私もまだ続いている。

「流域」

六　合言葉は茶寿

シュンちゃんたちの頑張り

シュンちゃんは、駅前通りの電器屋さんの二代目である。二十年位前、クーラーの取り付け工事を依頼して知り合った。今では我が家のおなじみの電器店としてお世話になっている。

かつて栄えた指宿駅周辺の商店が、次々に閉店して、客足も減ってきた。でも、残った人たちは、商店街ににぎわいを取り戻すため、全力で頑張っている。シュンちゃんは先日、仕事が済んだ後、そんな話をして忙しそうに帰って行った。

なるほど、私が若いころから行きつけだったお菓子屋、雑貨屋、魚屋、天ぷら屋、時計店、食堂など、いくつもの店が消えてしまった。子どものころ下駄の鼻緒のすげ替えに、たびたび世話になった老舗の下駄屋も、三年前に店じまいをした。長い間顔なじみだったお店の人たちは、皆どこへ行ってしまったのだろう。

そこで、シュンちゃんたちの努力が始まった。金曜日の夜集まって夢を語り合い、納得するまで議論をするうち、小さな新聞「浮来亭」（フライデーをもじった名）を発行することと、遠来のお客さんへの心からのサービスとして、菜の花マラソンへの手助けが決まった。

四十二キロのフルマラソンに参加し頑張っても、時間がかかりすぎた人には出迎えがいないのが現状である。夕方五時で事務局は解散し、競技場のライトは消されてしまう。小雪の降る日もあれば、みぞれの降る日もあり、幾重にもつらい思いをしているのではないだろうか。タイムオーバーのランナーたちが夜九時ごろ、冷えきった体でようやくゴール地点にたどりついてみると、大鍋に豚汁が湯気を立てて待っている。ぜんざいがあったりする。思いがけない出迎えに涙を流して感激された。お互いに来年も頑張ろうと励まし合って帰っていく。これは大成功であったと思う。シュンちゃんは走ることに縁のない私にも「感動をもらいにおいでよ」と毎年声をかけてくれる。

「縄文の森を守る会」を立ち上げたリーダーは耳鼻科医の二代目である。今、桜やドングリの木の植樹の準備をしている。

六月半ばの日曜日は、魚見港海岸のゴミ拾いがあった。一人のメンバーのなにげない発案だったが、近くの学校、地区公民館、市役所担当課によびかけたところ、ほかのいろんな団体まで

が積極的に参加して、そのうれしい誤算に大喜びだったそうである。

シュンちゃんたちはこのほかにも、日曜日のたびに町中を走り回っている。ケナフを植えて子どもたちと紙すきをしてハガキを作ったり、子どもたちの行事に裏方でそっと参加している。商店街のナイトバザールでは私も紙芝居を演じて協力した。

メンバーは、一人ひとりが目指すものを持っており、適材適所で人を結びつけて上手に事を

運んでいる。漁師、建築家、植物園経営者、造園士などいろいろな人が入会してくる。商店街持ち直しの試みが、今では町全体の活性化まで発展した。なにより自分たちの住むふるさとを大切に思うこの人たちが、新しいふるさとを育てていくことだろう。

『心にしみるいい話』第七集「ふるさと」

紙芝居

毎月第二土曜日の夕方、私達は「ナイトバザール」という催しに協力し、紙芝居を行っている。

このイベント自体は、車社会が進んで、郊外の大型店へと流れて行く大勢の客を呼び戻して、空店舗が目だってきた指宿駅周辺商店街を活性化しようと、地元商工会の青年達が仕掛けたものである。

「わいわい広場」「遊んど市」などとネーミングも奮っている。

その幕開けが紙芝居というわけである。

ところで、私が紙芝居を初めて見たのは四歳の頃だった。当時住んでいた横浜の家には、すぐ前に原っぱがあった。

子ども達は学校から帰ると、皆遊び道具を持って集まり、ボール投げや陣取りなど思い思いに遊んでいた。

しばらくして「カチ・カチカチ」と原っぱ中に響く拍子木の音がすると、「紙芝居が来た」と子ども達は何もかも放りだして自転車の周りに寄って行く。

荷台にはしっかり紙芝居がくくりつけてあるが、おじさんは早く見たいとせかす子ども達には一向に動ぜず、缶を開けて中の硬い水飴をゆっくり割り箸に巻いて、一人ひとりに配る。その飴代が一銭だったのか、いくらだったのか分からないが、それが観覧料となって紙芝居は始まり、なめ終わる頃終幕となる。

私は、もうその頃から足が悪くて歩けなかったので、父親手作りの椅子に固定されて、家の窓から身を乗り出すようにして声だけ聞いていた。

いつの頃からか、おじさんは私が顔を出している窓の近くに自転車を寄せて紙芝居をするようになった。

道路を隔てているので、画面はよく見えなかったけれど、おじさんの熱演振りでお話が手に取るようによくわかり、一人で笑い、わくわくして楽しんだ。心優しいおじさんの親切は更にエスカレートして、私にも梅干位の水飴を箸に巻いて窓越しに「これはおまけだよ」と、手渡してくれるようになった。

皆と同じようにして、おじさんに貰った飴をしゃぶりながら見た紙芝居。物語そのものは思い出せないけれど、その光景はいまでも覚えている。

ナイトバザールでの今回の紙芝居の内容は、下駄を作って暮らしを立てている働き者の息子と体の弱い母親の話である。

ある日母親がたきちに、

「たきち、すまないけれどごんぞうおじさんのところへ行ってお金を借りてきておくれ」

と頼んだ。

たきちは病気の母親をいたわりながら、一人で朝から晩まで働くけれど、生活は苦しくなるばかりでもう薬を買うお金も無くなってしまっていた。

「おっかあ、おらのかせぎが少ないので心配かけるなあ」

そうつぶやきながらたきちはごんそうおじさんのところにお金を借りに行くが、

「お前達貧乏人に貸す金なんぞないわい」

とどなられ突き飛ばされてしまった。たきちが泣きそうになりながら、夕暮れの道をとぼとぼ歩いていると、髭を生やしたおじいさんに出会った。その人はたきちに下駄を一足くれて、

「困った事があったとき、この下駄を履いてゴロンと転んでごらん、でも転びすぎちゃいけないよ」と言って何処かへ立ち去って行った。

この下駄が突然の果報となり、どん底の母子の生活が日に日に良くなっていくという、岡山地方の民話「不思議な下駄」のお話である。

観客は幼児から小学生、中には小さい孫の手を引いて来るおばあさんもいて、二十名足らずだが、早くから来て待っている子や、いつまでも動き回って、座ろうとしない子などさまざま

である。

そんな中で声を張り上げて演じ始めると、いつの間にか子ども達の真剣な表情が画面に引き付けられていることに気づく。

場面に合わせて、さも自分がいたい目にあったように「イテッ」と首をすくめて頭に手をやる子、「やったあ」と思わず歓声をあげる子など、ドラマの世界に浸りきっているようである。

場面の中の喜びや悲しみ、そしてつらさや心の痛みなど、それぞれに身近なこととして受け止めている様子で、その無邪気な反応がたまらなくいとおしく思えてくる。

やがて感動の心とか、思いやりの心とかはこんな中で育っていくのか……ふとそんな思いにかられる。それほど正直に反応してくれるのである。

演じ手である私もますます興に乗り、明るい場面は声を弾ませ、悲しいところでは沈んだ声になったりしながら、間をおいて皆の表情をゆっくり観察して、次の場面へ期待を持たせていく。

こうして「じさま」や「ばさま」に変身してセリフを追っていると、登場人物の心の動きが、私の忘れていた感情をも呼び起こしてくれるのか、豊かな気分になってくる。

かつて図書館勤務の頃は、子ども達にどのようにして図書館に足を向けてもらうか、その手立てを考えたり、準備に追われたりして、ただ義務感だけで接してきた気がする。今はそのことに少々後ろめたさを感じてもいる。

画面に描かれた簡潔で動きのある絵と共に、短い言葉の奥に含まれている内容の深さが味わえるようになったのは、退職して「お話会」のボランティアに参加するようになってからではなかろうか。

今、この時を一番楽しんでいるのは、子ども達より、むしろ私のほうかも知れない。

「文芸かごしま」第三一号　二〇〇三（平成一五）年三月

「みなみの手帳」九五号から選出掲載

世界中の人を仲間にして

友人のK子さんは、時々すばらしい言葉をくれることがある。そんな時、イラ立っていた心が静まり、不思議なことにやる気がわいてくる。決して意識したふうでもなく、その時々の話題の中で自然に出てくるので、なおさら余韻として残ることが多い。

K子さんが中学生の時、郊外から一時間以上かけて通ってくる女生徒がいた。朝早く家を出て、途中急な雨風にあったり、車に泥をはねられたりして、学校に着くころには、服も身体も汗まみれ泥まみれになり、髪もボサボサになる。それを男の子たちはからかったりいじめたりした。女の子たちも仲間に入れようとしなかったりで、いつも一人ぼっちでいることが多かった。

そんな彼女を大阪から引っ越して来たK子さんは、一種のあこがれの目で見るようになった。桜、コデマリ、ツツジ、アヤメ、アジサイなど、遅刻すれすれに登校する彼女の手に、いつも季節ごとの花がたずさえられていたからである。遠い道中には、さまざまな花が咲いていて、山や谷、そして小川に身をおく彼女の姿が、K子さんには別世界に住む人のように思われたのだ。

ある日、K子さんは彼女の家に遊びに行った。遠かった。家の人は「遠くてお腹がすいたでしょう」と、お皿いっぱいに盛った煮物を出してくれた。大きく分厚い大根、厚揚げ、ニンジンもサトイモも一個そのままで、K子さんはびっくりした。しかもそれは食事のおかずではなく、農作業の合間のお茶うけというのである。

学校の行き帰りは片道六キロ歩き、作業も軽々とこなす力持ち。少々のいじめなど気に留めない精神力、K子さんは自分にはないスケールの大きさを何となく感じて、ますます仲良しになっていった。

やがて中学校卒業の日がきた。K子さんは高校進学、彼女は東京へ就職。異郷の地で早くいい友達をつくってほしいと願うK子さんは、「広い東京で、もっとひろい世界の人とお友達になってね」と励まして、就職列車を見送った。

東京でレストラン勤めをしていた彼女は、基地勤務の米軍人のSと結婚した。二人の女児に恵まれ、夫の祖国アメリカに渡った。ところが退役したSはベトナム戦争の兵役時代の後遺症でアルコール中毒症になり、これまでの生活が完全に破綻した。彼女は離婚して、アメリカで二人の子どもを育てることにした。

早朝から真夜中まで三つの仕事をこなし、子育てに無我夢中で過ごした。「苦難の時期の人種を越えた人々のいたわりや励ましなど、これほど身にしみてありがたく思ったことはなかった」と後に述懐した。十数年働いて求めた念願の家はサロン風で、留学生を住まわせたり、異郷で働くサラリーマンのオアシスとして開放しながら、日本人はもちろんアジアや欧米の人々との交流を楽しんでいる。

毎年春、一カ月間帰国して、父親の墓に参り、病気の母親を見舞い、一昨年がんを患ったK子さんの体調を確かめて、アメリカへ帰って行く。「世界中の人と友達になってね、と言った嘗てのK子さんの言葉を心の宝として、大事にして生きてきたのよ」と言いながら…。

『心にしみるいい話』第八集「友」

指宿で唯一のデパートといわれているまつや百貨店で、初盆に送る手頃な提灯を探している時だった。

うす紺のジョーゼットのドレスを着た物腰の柔らかい老婦人を見かけたので、何となく見覚えのある人のような気がして少しだけ近寄り、横顔をじっと見つめていると、その人もこっちの方をチラッと見て黙礼した。

しばらくしてから声をかけてみようと思いなおして近づくと向こうも振り向いた。

やっぱりそうだ。

「Tさんの奥さんではないですか」

「はあ、私も今思い当たって。でもお名前が一向に出てこんとこいですが、誰方かでしたよね」

「以前、図書館におりました」

そこまで言いかけると、

「あ、そう、そうでしたね」

お元気でしたか、今お仕事は？　子どもさん達は？　と近況報告を交えてのあいさつをしている中、老婦人の後で微笑んでいる男性に気づいた。

「これは息子です。こんなになりました」

あれから二十数年経っているのだろうか。

Tさん一家は戦後の外地引揚者である。名前を見ても指宿に一軒の親戚も無いことはよくわかる。どうして指宿にたどり着いたのか、その経緯を聞いたことはないが、親子六人着の身着のままで、九歳を頭に四人の子どもを連れて帰れたのがせめてもの幸運だったらしい。私が知った頃Tさん親子は朝新聞配達をしており、昼間の夫婦は失対労務者となって日銭を稼いでいた。中国で育ち、それなりの教育を受けて相当な暮らしをしていた人たちであろうことは、言葉やものごしで伺えた。

その頃、失対の仕事は道路作業が主だった。作業中にわか雨に遭って近くの軒下に雨宿りしたある日、私が勤めていた図書館の看板を見て入って来たのがきっかけとなり、本を借りるようになった。『どん底の生活はしても、子どもたちには心までは飢えさせてはならない』との信念をいつも持っておられたTさんは、以後日曜の度に四キロの道を我が子四人、近所の子どもまで誘って親子で図書館通いを始めたのだった。近所の子どもの親もやはり失対仲間である。

その中Tさんは三十冊位借りて、休憩時間に作業現場を回って皆に本を届けるようになった。椋鳩十先生が読書の必要性を説き、県内に読書運動が盛んになり始めた頃でもあったので、私は『頑張れTさん』と心の中で応援しながら、貸出冊数や期限に便宜を図ったりもした。

この頃から少しずつTさんの顔がにこやかになり、目は輝き、気さくに言葉を交わすようになったと思う。

何年かたった春の暖かい日、町で一人の青年に会った。

「覚えておられないでしょうか、ぼくは…」

そこまで聞いて、あ、N君だと分かった。

その二、三日前新聞で某大学医学部合格発表の中に、両親がTさんと同じ境遇で、いつも彼らと一緒に図書館通いをしていたN君の名前を見つけて、本当にあの子かなと、少年の頃のN君を思い出していた時だったので、

「N君だよネ、おめでとう」

心からそう言って祝福した。N君とは小学生以来だった。自ら寄ってきて話しかけて来たことは、希望した大学の合格が余程嬉しかったのだろう。

高度成長期に入りかけた四十年代の半ば頃から、指宿にはホテルが次々と建ち、観光客でま

ちに潤いが出てきた。漸くTさん夫婦もそれなりの仕事に落ち着いて、ご主人はホテルの用度係に、奥さんは同じ所で電話交換手に採用されて、温かい陽だまりができたことを話された。「長男は船員になりました。今休暇で、今日一緒にこうして。あ、そうそう、この子は田口田に丈夫な家を建てました」

丈夫なという裏には、立派な大きな家という意味が含まれているのだろう。

この人達が子どもの頃、節穴だらけの製材所の物置小屋に住んでいたことを思い出した。丈夫な家ですと言われた顔に安堵感があった。

ああこの方の人生も今まで、闘いの連続だっただろうと思われて、その闘いぶりを人知れず応援していたのだが、いよいよ豊かな収穫の時、そのご健闘を喜ばずにはいられなかった。

「流域」

ある五十回忌

今年の桜前線は関東地方から始まり、例年より遅れて南下していくとテレビや新聞のニュースが流れている。四月になっても未だ花冷えが続いていた。

早咲きの桜吹雪が舞うと何となく心が浮き立ち、じっとしておれない思いに駆られて久しぶりにNおばさんを訪ねてみた。

Nおばさんは十年くらい前から一人暮らしで八十代後半、年齢から言えばおばあさんだが直系ではないし、私との年齢差からしておばさんと呼んでいる。遠縁に当たるNおばさんとはいつのころからか大の仲良しになった。

今日も他愛ないおしゃべりをしながら、つわぶきや竹の子の煮シメを御馳走になって、「美味しかった。また出て来ます」と立ち上がろうとすると、おばさんは、

「いっとっ待たんね」と急いで仏壇から黒熨斗のかかった菓子折りを下げて来た。

「団子を一切れ持って行かんね」

「団子？　美味しそうだけどおばさん食べなさいよ。私はいいから」

「こんとはね、特攻さんのお下がりじゃっであんたも食べてよね」

「え、もしかしてH兄さんの五十回忌?」

「そう、そう、もう五十年だって」

あれから半世紀、私の頭の中で過ぎた時間が一気に短縮された。

おばさんの従兄弟であるH兄さんは五人兄弟の四番目、親戚中の評判の息子だったが、陸軍士官学校を卒業した年の昭和十九年の秋、木の葉が落ち始める頃、南方のレイテ沖海戦に特攻命令が出て、知覧から飛び立ったのだった。南方へ行く途中生家の上空を旋回して飛んで行ったと、後日祖母から聞いた。

親や兄弟は彼よりも何年も後まで元気で寿命を得たが、今は一人だけ妹さんがK県に残っている。田舎にいる親戚の人達で、今年中に年忌にかかる人を引き寄せて、この春、合同の法要をしたのだそうだ。今年から来年にかけて全国的に五十回忌の戦死者が多い、とも聞いている。

集まった人の中で、亡くなった人を直接知っている人は半分もいなかったらしい。遺族も代替わりして遠い人となり、神話化されようとしている。

H兄さんのお母さんと私の祖母が友達だったので、私はよくお使いにやらされた。お寺参りのことや屋敷内に実った折々の果物を届けたり貰ってきたり、共同温泉に行くこと等…。私が小学生の頃H兄さんは旧制中学生。祖母のお使いで行くと、絣の着物を着て縁側でよく本を読

んでいた。私の姿が目につくと、

「よォー来たか」それが挨拶だった。

陸士に入校してから休暇で帰ってくると、きりっとした軍服姿で祖母の所に挨拶に来た。当時軍人は社会の花形、にこやかに敬礼する姿は全身に嬉しさがあふれており、輝いていた。まさか卒業すると同時に特攻隊に編成されて、わずか二十一歳で人生を終わるなど、この頃思いもよらないことだっただろう。H兄さんが休暇で帰郷すると、祖母は欠かさず彼の好物を揃えて届けていた。それは大方私の役目だった。

その頃私はもう女学生だった。男女共学の時代ではないのでいくら親戚同様のお付き合いとは言え、短剣を腰に下げた軍服姿に、私は面映ゆさを感じたものだった。

祖母からお使いを頼まれると、五歳の妹を連れていくことにした。手をつないで門まで一緒に行って、祖母からのものを妹にしっかり持たせて背中を押しやった。

門の外でそっと中を伺っていると、庭でH兄さんが、

「よく来たね」と妹を高く抱き上げていた。「一人で来たの」と言っているのが垣根越しに聞こえていた。

休暇が明けて士官学校へ帰官してから、彼の母親宛の手紙の後に「あの子はどうしている？もう大きくなっただろうなあ」との追伸があったという。

後何日か何時間しか生きられない、美しく誇らしげに咲いて、潔く散る桜の花のような人生。当時は軍神とか殉国とか単に美化された話を聞いていたが、毎年時季を間違えないで美しく咲く桜の花の奥に、自分の可能性を生きられなかった特攻隊の人達の、人間としての切ない思いが重なって見えてくる。

お団子を包むおばさんの手元に目をやりながら、H兄さんの手紙に付け加えてあったという「あの子はどうしている？　もう大きくなっただろうなあ」との言葉を思い出していた。

「流域」

庭の千草

Y子さん、その後いかがお過ごしですか。

こちらは梅雨が近づいてきたのでしょうか。肌寒く、先程からしとしとと雨が降ってきました。

今日は出掛ける予定もないし、じっくりラジオを聞いて過ごそうとスイッチを入れると、タイミング良くきれいなソプラノの『庭の千草』の歌がかかっていました。

「ああーしらぎーくー、ああーしらー……」

お母様のお葬式の時、胸が張り裂けそうになるくらい感動して聴いたあの旋律です。若い姪ごさんが、大好きだったおばあちゃんの死出の旅路に日頃習っているバイオリンで一生懸命弾いておられましたね。甘く切なく悲しく、そして美しいメロディは、それはそれは最高の野辺の送りで、私は涙が止まりませんでした。おばあちゃんの大好きな歌だから、バイオリンで早く上手に弾けるようになって一緒に歌いたい、そんなお孫さん達に囲まれていた生前のにこにこ顔のおばあちゃん。お母様とお孫さん達の日頃の交流が目に見えるようでした。

私が知っているお母様は、何時訪ねても忙しく働いておられました。たんぼや畑の仕事、八人の子ども達と舅姑さんのお世話、一時もゆっくりしておられる姿など見たこともなく、ましてや「庭の千草も……♪」と歌われることなど想像もしていませんでした。

昭和十年代といえば生めよ増やせよの時代で、十人近い子どものいる家が普通でした。育ち盛りの大勢の子ども達を抱えて、どこの親も自分の自由時間を持つ余裕はなく、一日中働いているのが当然と思っていました。

しかし考えてみますと、お母様の世代は、大正ロマンと言われる頃に青春時代を送っています。

絵にしても歌にしても、服装にしても一種独特の雰囲気に包まれていたようです。芸術面も尊重され、はつらつとした自由な作風や個性豊かな作品が見受けられます。お母様が若い頃にそのようなロマンチックでハイカラな空気を感じておられたとしたら、何だか嬉しくなります。

アイルランド民謡の「庭の千草」はその当時歌われたものなのでしょうか。世の中が戦争への道をひた走る中、ご自身にもいろんな苦労が押し寄せて来て、情緒あふれる「庭の千草」はいつか心の奥にしまい込まざるを得なくなった日が続いたことでしょう。戦後再び口ずさむようになられたのはいつ頃からだったのか興味あるところです。

今年お母様の七回忌を迎えるに当たってのY子さん達のアイデアは本当にすばらしかったで

すね。

八人の子ども達とその家族が全国から帰郷して、一堂に会するめったにない機会、どのようにしたらお母様に心から喜んでもらうことができるのか、出席してくださる方々にも楽しんでいただけるのか、充分に選び抜かれた計画を立てられました。その風変わりな案内状「母の七回忌を記念してホームコンサートと手芸展」をいただき、わくわくした気分で参加しました。

会場はY子さんたちの生家。築百三十年という旧家が劇場となり、太い柱も黒光りする梁もコンサートを盛り上げ、家中いっぱいの展示物がさらに幽玄なムードを醸し出して、思わぬ効果を上げていました。

展示品ではY子さんのアートフラワー、妹さんの日本手鞠や、お母様の形見の留め袖で作られたというたくさんのひな人形、弟嫁さんのちりめん細工、末の妹さんの十羽連帯の折鶴など、美術的センスあふれるプロ級の作品ばかりで、それらはしっかりと遺伝子に組み込まれた才能の賜物では？　と思ったりしました。

古家の屋根裏から探し出したという漆塗りの重箱や菓子皿やお膳、大小の鮨おけなどを台にして飾られた作品を、一つ一つ手にとるようにして「んだも、んだも」と涙ぐんで見ておられた年老いた方が居ましたが、ご親戚かお母様とよっぽど親交のあった方なのでしょうね。

弟さん一家のコンサートにも感激しました。

あの時と同様でお母様のお葬式のとき会葬者の胸を熱くして涙を流させた娘さん達のバイオリン演奏やチェロ、ピアノの独奏やアンサンブル、家の中だけでなく庭石に腰掛けて耳を傾けている人もいました。

そしてお母様のあの歌、今回は弟さんが美しいテナーでお母様への思いを響かせて歌われました。

苦労をされたお母様を中心に皆様が今もなお美しい絆で結ばれ、亡き人のお好きだったものまで大事に大事になさっている。その一つの象徴として『庭の千草』の歌があるのだと、深く感じ入りました。思いを込めて演奏され歌われたその曲は胸に浸透し、私にとっても特別な曲になりました。

本当にすばらしい七回忌でした。

私もご相伴にあずかり、幸せ家族のおすそ分けをどっさりいただきました。

ありがとうございました。

「流域」

お変わりありませんか

手紙を書く時、初めに「お変わりありませんか」と書く。

それは書状をしたためる上での古くからの形式的な礼儀であるにせよ、普段の生活において何の変哲もないことが、ごく自然に繰り返されていることを当たり前と思っているからである。

私もまた、平常の反対側には極限に近い異常さもあることに、気づくこともなく過ごして来た一人である。

友人のKさんは健康な人で、これまでお産をする時以外休んだことはないという人だった。疲れたという言葉も聞いたことはない。

昨年の暮れから風邪をひいて、時々電話の向こうで「未だ治らないのよ」と言っていた。いつもは元気な人だから、それ程気にも留めないで、私は無責任にも「のどが痛いならキンカン漬けでも食べてみたらどうなの」とか「私もいつだったか風邪をひいて重くならないうちにと病院へ行ったら、漢方薬の葛根湯を出してくれたよ」などと言って軽く受け流していた。事実私はいつもこの二つを手元に揃えておいて、何となく鼻がぐずついたりクシャミしたりすると早めに飲んでいつの間にか治してしまっている。

「葛根湯というのね」といつになく彼女が念を押して聞いたことが気にはなったが、例のごとく「ま、そのうちなおるでしょう」でおわるくらいのいつもは呑気な人なのだ。

外出先から帰って来て留守電ランプが点滅していたり、ファックスが来ていたりすると「お帰りなさい」と言われているようで、ワクワクした気持ちになるものであるが、その日のKさんの用件は、ワクワクどころか、心臓が、ドキン、と音を立てたようで後からは胃まで痛くなってきた程だった。

『突然ですがショックを与えてしまうお知らせをしなければなりません。心を静めてからお読みください……』から始まるファックスである。

風邪があまりにも長引くので近くの病院へ行ってみたら、大学病院に行くように言われ、精密検査等も受けて、信じられない告知を受けたこと。別の二か所の病院でも診察してもらったがやはり同じで、悪性の甲状腺ガンと診断された。しかもかなり進行していて、今の高血圧が治まり次第入院手術すると書いてあったのだ。

私は信じられなくて「どうして、本当なの？」と何度もつぶやきながら電話台の前に座り込んでしまった。

Kさんと私の変わりない日々が、一気に遠くへ飛んで行ってしまった気がした。

変わりないということは、常に私達の身近にあって当たり前で、その当たり前の中に美しいもの、大切なもの、貴重なものがたくさんあることに日頃は全く気づかないでいる。人と人とのかかわりの中での笑顔や言葉、四季折々に咲いてくれる美しい花、毎日食べている食べ物、事象のすべてから私達は変わらない当たり前の恩恵を受けている。

変わらないという言葉の重みを改めて考えさせられた。

最近のKさんは、五月末に国立南九州循環器センターで九時間もかかった手術を受けたにしては至って元気で、まだ声は少しかすれているけれど、順調に回復し、六月半ばには退院して今自宅療養をしている。

早くもとの変わりない日々に戻って、何の躊躇もなく「お変わりありませんか」を使いたい。

そして私の周りのすべての人達が、いつまでも変わりなくそのままの幸せであってほしいと願う。

「流域」

合言葉は「茶寿」

年賀状を一枚一枚見ていくうち、ひそかに期待していた人のものがあった。ああ、やっぱり忘れられてはいなかった……。

Yさんは昨年桜島で催された「現代詩セミナー」での宿泊で同室になった人である。事務局が作成した名簿の紹介では、彼女は歌人で「山茶花」の選歌委員、「潮音」同人幹部でもあり、歌集も二冊出している。昭和六十一年には宮中歌会始に入選して、その短歌も紹介文の中に書いてあった。人柄が偲ばれる歌である。

同室になった三人は、夜の懇親会が終わると部屋に引き揚げて、改めて初対面のあいさつを交わした。

お茶を飲みながら、いつの間にか話題は健康の話になっていった。

長く病院勤めをしてこられたHさんが、

「せめて八十歳までは生きたいけれど、私はとても無理」と、言い出した。

「どうして？」

「だって胃も切っているし、心臓も悪いの。それに今リウマチで病院通いなのよ」

見かけと違って弱々しい言い方である。すかさずYさんが、

「私もうすぐ八十歳になるのよ。まだやりたいことがいっぱいあるから、八十歳までしか生きられないなんて言っていたら後の時間、とても足りないわ」

Yさんは歯は未だ一本も欠けていないとも言っていた。歯は健康の何とやらと昔から言われている通り彼女はいかにも健康そうである。

Hさんの職場は病院なのに、どうして胃を手術しなければならなくなるまでになったのか尋ねてみた。すると、病院では一晩に三人も亡くなることがよくあるという。

亡くなるとすぐ清拭をして体中の穴に脱脂綿を詰める。その後新しい下着や浴衣に着替えさせて髪を整え爪を切り、お化粧をして霊安室に送り、遺族に引き取って貰う。一晩に三体も処置すると、夕食は午前二時を過ぎることになる。そんなことを何十回もしてきた。総婦長になってからは直接処置することはなくなったが、事務的手続きを始め全体の運営にかかわらざるを得ないのでさらに忙しくなったという。

話を聞いていて無理もないのねとうなずきながら、私は自分の若いころを思い出していた。三十代は病気ばかりしていた。胃も肝臓も腎臓も、胆嚢まで患った。後十年生きられるだろうかと不安で、今のHさんのように健康に全く自信が持てず、せめて五十歳までは生きたいと切に願っていた時期があった。

それが今ではこんなに元気になり、何事も意欲的に過ごせるようになった。

「茶寿という言葉をご存じ？」

いきなりYさんが発言。何でも白寿の次は茶寿と言い百八歳のことだそうだ。

茶は十が二つの草冠なので合わせて二十、その下に八十八と書くので合わせて百八になる。これが茶寿百八歳の所以だそうだ。

人間は自然体で生活したら百二十歳までは生きられると言う学者も現れた。

「今年百十六歳で亡くなった、かまとばあさんとまではいかなくとも、茶寿までは頑張りたい。不健康な時を取り戻す意味からも。頑張りましょうよ」

と言うと、さっきまでしょげていたHさんの目が輝いてきて、

「何だか元気が出てきたみたいよ」と言い出した。

「そうね。頑張りましょうよ。頑張るぞ。エイエイ、オー」

三人して気炎を上げた。

Yさんは宮中歌会始に出席しただけあってエレガンスそのものの雰囲気を持った方である。その人が率先してガッツポーズをしたのにはびっくりで、今思い出しても笑いが込み上げてくる。

夜の講義は勿論ボイコットして、三人で思い出深い時間を過ごした。私はYさんと枕を並べ

て休みながら、夏に受けた一般健診の話をした。内臓はどこも悪いところは見つからなかったので、ついでに脳を調べて貰ったら、右前頭葉に少し透き間が出来ていると言われたことが気掛かりだったのである。

するとと彼女は、

「あなたは大丈夫。すぐ返事が返ってくるもの」。

私は途端に嬉しくなった。もう一度一人で、

「茶寿に向かってエイエイオー」

と右こぶしを上げた。夜はかなり更けていたのに……。

明くる日、セミナーが終わって帰る間際まで「元気でいましょうね」と三人で繰り返し言いながら帰路についた。

「現代詩セミナー」は東京から来られた若き豪華な詩人の顔ぶれで、内容は難しかったが刺激は大いに受けた。それにもまして私達三人には茶寿という合言葉ができて更なる意欲が湧いてきた。

あれから二カ月、新年のあいさつに続いて「机を並べて枕を並べて、楽しかった」とあの日のことが書き添えてある。そして「またいつかご縁があることを祈っている」とも……。

「流域」

灯はいつまでも

人の動きのはげしい季節が一段落して、漸く落ち着いた日々が戻って来た。ついこの間まで満開だった桜はいつの間にか葉桜に変わっている。

そんな頃は引っ越しがあり、次はお店探し。学校・公共機関などの必要事を済ませると、次は新任地での図書館探しをする、という中年の母親に出会った。

福山市から先月指宿に引っ越して来て、今やっと町のことを尋ねる余裕が出てきたのだと言う。

初めての土地に来て、友達もできないとき、唯一心を開けるところが図書館なのだそうだ。そこで、その町の地理や文化を知る手がかりが得られるのだと。

「転勤する度にそうされるのですか」

さも当然とばかりの返事が返ってきて私はギクリとした。

新任地の駅に降りたとたんに町の雰囲気を感じ取る程、この人達の感覚はフレッシュだ。図書館に行けば、そこの文化水準が分かるとも聞いていた。

私が勤めた図書館は、戦後の混乱が続いているさなかの昭和二十四年八月、県の出先機関である農業改良普及事務所に併設して創立された。

その年の春、学校を卒業してしばらくしてから、町役場から連絡があり、農業改良普及事務所の所長を訪ねて行った。事務所は新築間も無い木造平屋で、木の香りが漂っていた。周りはそれ程広くはないが、田圃に囲まれており、試験地として使用していた。

図書館勤務といわれたのだけれど、何故この事務所に回されたのだろうか、その思いは時間がたつにつれて頭の中一杯になって、初対面の所長から何を聞かれ、どう答えたのか、未だに思い出せないでいる。この頃は未だ読書は一般化されておらず特定の人だけのものだったから、農業と本との組み合わせが極端に思えて納得がいかなかった。この頃の私が持っている図書館像は、修学旅行のとき知った県立図書館の鉄筋コンクリートの建物であり、学校の図書室で見た書棚にぎっしり詰まった本というただその程度のものであったから。しかも学校では時間割に組まれている以外は図書室の自由な出入りは禁止されていた。

私は気掛かりなことを小さな声で聞いてみた。

「図書館は何処にあるのですか」

「いやそれを今から創るのですよ、あなたも一緒に」

未だ子ども気分の抜けない時期に、創立という深い意義など理解できる筈もなかった。

所長が館長兼務で発足した図書館は、一個人の書斎程度の規模ながら借り手は多く、二、三日で書棚は空になり、中学生等は本があっても無くても毎日やって来て、返却される本を待っているありさまで、たまたま在室していた普及所の職員が、子ども達に農産物の話や家畜の話、害虫の話をしてやっていた。毎日学校帰りに立ち寄る彼等にとってはもう一つの楽しみだったのかもしれない。

農業改良普及事務所には、農家の青・壮年、婦人は勿論のこと外地引き揚げのにわか百姓の人、戦時中から疎開して来ていた人、復員兵、学徒兵等いろんな人が出入りしていて、その人達のために事務所では、一週間通しの夜間成人講座が度々開設された。今でいう生涯教育講座である。講師は普及所の職員がそれぞれ専門の学識を持った人達だったから事欠かなかった。未だ戦後処理で行政当局が大変なときに、一日でも早く図書館を創ろうと奮闘された所長の意図が、この頃からやっとわかってきたような気がした。

今でこそ読書は日常生活の中にしっかりその位置を占めている。ほしい本はいつでも手に入る。私の子どもの頃は本を読む人は特殊な人で、一般的には「雑誌を見ている」といって遊びの行為に考えられていた。時代が変わったと言っても農家は戦前の感覚が根強かったから、合理的な生活改善をすすめるためには先ず、意識の高揚を図る必要があったのだろう。普及事務所の職員の協力で4Hクラブや、生活改善グループに読書を推めてもらっていた頃のこと、畑の帰りかと思われる農家の主婦が二人連れで閉館間際や昼寝時分に通って来た。農家の嫁が本を読み意識が高くなってそれが農業生産に生かされるとしたら、こんなにすばらしいことはないと思っていた。しかしその裏には、ただ黙って働きさえすれば良いのだという姑との格闘があったことを後日知った。隠れて読んでいて本を見つけられると、

「おっ母さんはがっしゃ（学者）さあ（様）じゃって」

と度々皮肉られているとも聞いた。三キロもある地区から、全く畑に行く振りで、或いは野良帰りに遠回りして図書館に来る苦労を知れば知るほど切なく思った。

先日その一人とスーパーでばったり会った。どちらからともなく、

「あら」

「あら」

後の言葉は必要なかった。最後に会った時から二十数年が経っていた。彼女はもう八十近い。当時の面影がはっきり残っていて、柔和な顔は生き生きとしていて輝きがあった。美しい老いを迎えているると思った。

七　ここだけの話

漬物大根

暖かい日が続いて生活しやすい冬だった。しかし、昔から節分や梅の花の散る頃が寒さは厳しいのだといわれているとおり、この四、五日寒の戻りがきて震えている。

農作物にとって『寒』は貴重なもののようだ。寒中が勝負どきという事でもある。

日中に珍しく顳娃の友達から電話がかかってきた。

「誰か五畝歩（一五〇坪）程ある畑の大根をもらってくれる人はいないかって探している人がいるんだけど…」

詳しく訳を聞いてみると、従姉妹の家が手広く農業をしていて、毎年漬物用大根を何町歩も植えているが、暖冬が続いてこれ以上寒干しがきかないので、後の大根は不用なのだそうだ。今年の大根は例年になくいい出来で、煮て食べても柔らかく、水分も充分あって干大根などいいのができるらしい。このまま捨てるのは勿体ない気がするので、欲しい人がいたらいくらでも持って行っていいのだけど、と言っているという。

「昨年は丁度の時期にお天気が悪くて、三反歩（九〇〇坪）の大根を皆捨てたんだってよ、難儀して植えたのにねぇ」

全くその通りだと思う。頴娃の畑は耕地整理が早く済み、灌水がよくてその上堆肥をたくさん使うので、黒土で、作物がよくできるという評判だ。私も干大根を作りたいと思った。

鹿児島市に住んでいる知人に連絡してみたら、次の日曜日、朝早くワゴン車と軽トラックの二台、五人連れでやってきた。

前日に電話で道順を聞いていたので、直接訪ねて行った。頴娃の町から知覧に向かって別府の農村地域へ入って行くと、人里が途切れてなくなり、更に農免道路を二十分位走るけれど収穫の終わっただだっ広い畑が続くだけで、大根畑など何処にも見当たらない。ところどころに大根を掛け干しした後のヤグラが見えるだけ。どちらを向いても一面畑・畑・畑である。

指宿の西の山を越えた辺りに、こんな平野があったのかと驚いた。南西の向こうには東支那海が広がっている。

頴娃の農業規模は大きいとは聞いていたけれど、想像できなかった。大方の人の気質が大らかで大まかでもあることに納得がゆく。

知覧に近い青戸の少し手前で漸く『只角バス停留所』が見つかった。そこを右折してしばらく走ると集落にたどり着いた。私たち一行が訪ねて行くそれらしい農家を探していると、曲がり角のところで、女の人が運転している軽トラックが止まった。私たちも車を止めて言葉をかけようとすると、向こうから「あら！」と高い声を出して降りて来た。この人が訪ねる本人であった。話をしてみると、旧制指宿高等女学校出身で私より三級後輩だという。早速彼女の軽トラックの後から四台続いて畑の方へ引き返した。十二、三キロ位行った所で、一枚八反歩（二四〇〇坪）の広さだという畑に着いた。周りを見渡すと、収穫はほとんど終わっており、大根のかけ干しした後が残っているだけで、見れば見る程気の遠くなるような広さである。ここで農作業が営まれると思うから余計重々しく見える。この辺一帯は漬物用大根の産地として、十二月初旬から一月初めにかけて大根カーテンが張り巡らされる。

八反歩畑の次の畑に一枚だけ大根畑が残っていて、そこで長靴に軍手の五人連れははあはあ荒い息づかいで、大根引きが始まった。何せ根が太くて深い。長さも太さも自分の足より大きいのだから大仕事である。

案内役がすんだので先に帰ろうとする私の車にも五、六本積んでもらってから、帰り間際に彼女に聞いてみた。

「実家も農家だったのですか」

「いいえ、父は軍人でした」

ただ黙ってうなずく私に彼女は更に付け加えた。

「私は子どもの頃はよそ（他県）に住んでいました。実家は頴娃の町中です」

あの頃、女学校には頴娃辺りから入学する人は一校から一人か二人だった筈、当時のエリートである。戦争の最も烈しい頃、都会から田舎に引き揚げてきて、旧制女学校にモンペ姿で入学して、空襲の合間に早々に勤労奉仕に駆り出された新入生があったことを今でも覚えている。そして終戦。戦後の混乱がまだ収まらない頃、学制改革があって新制高校になって卒業したという。それからまもなく農家に嫁いだのだと話された。そしてご主人は昨年亡くなられたそうだ。

すっかり農家のおかみさんになりきった野良着の彼女を見つめていると、可憐なおさげ髪の女学生姿が浮かんで、それがだぶって見えて胸にジーンと来た。馬耕から耕運機になり、今トラクターで畑を耕し畝をつくり、種蒔きまで機械でできるようになった。しかし間引きや大根引きは人の手が必要だ。広い畑に毎日お弁当を持って来て、一日中一生懸命働いても、何をしたか、昼寝をしていたのではないかと思われる位だと彼女は笑っていた。

からっ風が吹く中で大根を引き、洗ってヤグラに掛けて二～三週間干すと、寒風にさらされて中の芯までくたくたになる位に干しあがる。毎年大根だけで一千万円の収穫は普通だと聞いて、それは大半は機械代や肥料・人件費などにかかるとしても、次の作付け準備のために、三反歩の大根をそのまま捨てるなど、彼女の肝っ玉の大きさに圧倒されそうだった。

山川漬用に出荷が終わると、次の菜種を植えるまでのわずかな農閑期に、商品にならない表面が黒ずんで見かけの良くないのや、大きすぎて形のおかしい漬物大根と、残った生大根を車に積み、三十キロ離れた指宿の町に住むクラスメートに配って回りながら、少しだけおしゃべりをするのが、彼女の唯一の楽しい憩いの一時だそうである。

何という大らかさであろう。大根一本とはいえ、商品として接する私は、生産者の商品にならない生産物の処分に労力・時間・経費を無視しなければならない悲しさを思ったが、彼女にはそんな気配はみじんもない。

毎年頴娃町に住む友達から届く漬物大根は寒干が効いて風味がある。薄く切って醤油をかけて食べると甘みがあって一層美味しくいただいている。

女性が現代社会で文化に触れながら多様な生き方をする時代に、その一方では果てしなく広い畑で天候と闘いながら、何十年も土と向き合って生きて来た同じ女性の存在を知り、何げなく食べている一本の漬物大根の重みを改めて思った。

「流域」

彼岸のころ二題

一、つわぶき

庭の片隅に柔らかい産毛をいっぱいつけたつわぶきが伸びてきた。以前ここに住んでいた人が植えたのだろう。私が移って来た時には三株程あって、秋の終わりから中冬にかけて、濃い緑の葉の間から目もさめるような黄色い花がその存在を懸命にアピールしていた。

やがて春雷の鳴る頃、新芽が一気に四、五十本も顔をのぞかせている。庭先にありながらただ眺めるだけで、めったに摘むことはなかったのだが、この二、三年は旬の香りを味わうようになって、春のおでばいの煮しめには欠かせない山菜となったのである。

二、煮しめ

『ご先祖様に何かお供えをつくろう』と思い立ち、煮しめをすることにした。

つわぶきの皮をむいて一煮立ちさせてそのまま一晩水につけてアクを抜き、油揚げと大根、人参、タケノコ、椎茸、昆布、コンニャクと、そこらにある材料を揃えてみたら、鍋一杯になってしまった。量は少しずつにしたつもりがいつの間にかこんなになってしまう。これは毎回のことで、色々の種類を数多く入れてぐつぐつと煮込むということが頭の中にあるので、一人分適宜に、というわけにはいかなくなってしまう。

子どもの頃の祖母の御馳走は煮しめだった。その時そのときのものを取り合わせて大鍋で煮しめる。時間をかけてしめあがるとアツアツを丼によそって、隠居している近所のおばあさん達に先に配る。そのお使いは私の役目だった。

「んだも、んだも」

と喜ぶおばあさんもいれば、

「さっき○○方から貰うたばっかいよ」

と、はずまない声で受け取る人もいた。

私も鍋一杯の煮しめができると、祖母がしていたように、

「こんなの食べますか」

と、誰かに言ってみたいが、煮しめの価値が低くなっているこの頃では、子どもの頃味わった田舎の食べ物、年寄りの食べ物という先入観があって、現代の洋風の食事に慣れている若い人達には、

「たまにはどうですか」

と控え目にも言い出せないでいる。

私が子どもの頃、煮しめは何よりの御馳走だった。年中行事には欠かせない主菜だったが、それが普段のお菜に出されると見ただけで、

「又か」

と箸もつけず、随分祖母を困らせていたことが思い出され、今頃になって心が痛む。

今では外食産業が進んで、スーパーにはパック詰めのお菜が幾種類もあり、食堂やレストランではメニューは豊富、出前はどんな辺鄙な所でも届けてくれる。

勤めていた頃は私も良く利用した。外食、さし入れ、自分で作って食べたのはどのくらいだっただろうか。その頃いつもテゲテゲになりがちな食事を補ってくれたのは周りの人達だった。

この頃では、祖母がしていた通りのお菜をつくり、中でも煮しめはせっせとつくっている。

それが一週間も一人で続けて食べなければいけないハメになっても懲りずに作る。

季節が変わる毎に中身も変わってこんなに美味しいものだったのかと賞味しながら。

「流域」

まともな味

かつて私が谷山に住んでいた頃のこと、アパートの隣室に三、四人の私立高校生が共同自炊をしていた。

皆地方の出身で入学当初は寮にいたが、自由な時間がほしくて話がまとまったのだという。自由の中身は色々だった。大人も顔負けするほどバイトで稼ぎのいい子、遊びに熱中する子、そんな中でY少年だけは別だった。

卒業するまでの後二年間で一級無線士の資格を取得するのだと、周りに惑わされることなく、学校から帰ると部屋にこもって勉強していた。やがてバイトや遊びの仲間がどこで合流するのか夜中に一緒に帰ってくると、静かな部屋は一変して賑やかになり、それまで勉強していたY少年はしばらくして「それではお先に」とふとんに潜り込み、彼らが枕を並べて鼻を鳴らし始めると再び起き出して勉強する。まるで二交替の部屋番みたいな生活をしていて、結構仲良くやっていた。Y少年とて余裕があるわけではなく育英資金だけのぎりぎりの生活である。

その少年がいつの頃からか私のお使いをしてくれるようになった。米やしょうゆなどの重いものが大方であったが、私には有り難かった。ましてや早朝出て夜帰る生活では一つ手伝ってもらうだけでもどんなに助かったことか。

いつでも素直に「ハイ」とはっきり返事をする少年に、ある日聞くともなく聞いてみた。

「君たちお弁当のおかずは何を持ってゆくの」

「前の晩の残りのカレーを缶詰のカラにいれていくよ」

ぶっきらぼうにいう。

「毎日ね」

笑って言いかけてあわてて言葉を呑んだ。聞かれたくないことだったかも知れないと後悔した。未だ外食など簡単にできる時代ではなかったし、彼らにはそんな余裕はない。スーパーの時代でもない。小売店が繁盛していた頃だから、品物も手頃なものがえらべる程豊富ではない。生活費は食費にウエイトがかかっていたから学資はそちらに消えていく。少年の心理も考えず、同世代の人にものを言うようなうかつさを恥じた。

私も自活を始めたばかりで安月給の頃だった。そこに移り住んで菜っ葉一つから買わなければならない生活、田舎の間引き菜が懐かしかった。それからは親類の家から野菜が届くとフトコロ具合とも計算しながら、お菜の差し入れをするように心掛けた。お使いのお礼の意味からも。そんな時廊下で会うと、

「まともな味んメシをさしか振い、食べた」

彼なりの表現だった。

少年はヒッチハイクで熊本まで行き、無線士取得の受験に挑戦、在学中に一級に合格して、卒業と同時に一旦京都に集団就職したが、その後北海道へ行き、キリスト教の伝道師となって手掛かりを得てアメリカへ渡った。向こうでアルバイトをしながら大学を出て、同窓の女性ナンシーさんと結婚して今コンピューター関係の会社に勤めているという。

もう三十年にもなるだろうか。貧しかった少年時代の、味などどうこう言えぬ色と辛みだけのカレーの日々。彼らを奮起させた原点があのアパートの日々にあったような気がする。

彼からは時々、家族写真が同封された手紙が来る。必ずナンシーさんのたどたどしい日本語文字で添え書きがある。

「アメリカにキテクダサイ。ハヤクカナラズ」

私は写真に向かって

「Yくん、ナンシーさんのまともな味の美味しいカレーを食べていますか」

と語りかけてみる。

「流域」

ここだけの話

「指宿にずーっと居るのなら、我が家と思って」

遠縁にあたる持ち主から乞われるように言われて、この家に移り住んでからもう二十年になる。

南向きの道路沿い、その向こうは小さな湯の川で、朝起きて縁側から眺めると湯煙が立っている。その上を鳥が川面近くまで降りて来て、気持ち良さそうにスイスイと飛んでいく。

この辺一帯は各家に市の温泉が配湯されていて、朝五時から夜十二時近くまで、蛇口をひねるといつでも熱いお湯が出てくる。引っ越して来た頃は嬉しくて汗をかいては入り、掃除が済めば入り、身体が冷えたからと言っては入りして一日何回も温泉につかって、何と有り難いことかと思ったものだった。それが近ごろでは恩恵にあずかる気持ちも薄らいで何とも思わなくなっている。

このように日々の生活の中で、当然とばかり胡座をかいていることが多いのではないかと、ふと思うことがある。

昨年の春、二世帯で住んでいた片方の人が家を新築して引っ越して行ったので、後の全部を使っていいことになった。

もともと空いた方が本来の住まいで、私が住んでいた方は改造して離れのようになっていた。本宅はそれ程広くはないがしっかりした造りではある。だが何しろ三十年も借家にしたまま手入れをしていないから、大幅な修理の必要があった。

早速かかりつけの大工さんに相談してみたが、一向に日程が決まらなくて、〝家のことは女一人では無理か〟と諦めかけていたとき、友達が、丁度一段落しているという隣町に住む大工さんを探してくれた。

「今年はひどい暑さだから、しばらく夏休みをとって休養しようと思っていた」と言いながらも下見に来てくれた。

黙ってあちこち見て回り、金づちで一寸たたいたり壁をさわったりしていたが、要するに、壁は全部に虫がついていて替えないと家具にまで虫がつき、天井も薄い板で昔の造りだから透き間だらけで、上からゴミが落ちてくるとのこと。あと二年が限度だそうだ。

「天井を替えるなら家具を持ち込まない今のうちがいい」と言われるけれど、窓や洗面所、トイレ、物置の補修を主に考えていたので、それにかかる日数や費用のことが気になって、引き受けては下さるのだな、と半ば安心しながらも何とも即答ができないでいた。

大工さんは私の心の中を見抜いたかのように、

「ま、なるべく安くて丈夫な材料を使ってやってみもんが」

と、言ってくれて、天井や壁の方は後のこととして、先に両方の家の仕切りになっていた物置部屋の改造からということになった。

明くる日から私も一日中お茶入れで家を空けられない生活が始まった。

彼は朝早く来て、先ず仕事にとりかかる所の内壁外壁天井を外して、ホコリを専用の大きな掃除機で吸い取る。床は段差を無くするために前のままの床に、近い間隔で丈夫な根太を打ちつけ、壁の中張りは垂木を何本も入れて土台をしっかりさせ、基礎を築いてゆく。彼の誠実な仕事ぶりに気づいたのは、十日位過ぎてからだった。

金づちを振る真剣な姿を見て、これまで人任せの気分だった自分を大いに反省した。

朝六時半には家を出るといって、七時にはもう現場の仕事を始めているのには、最初から私も戸惑ってはいた。それというのも最近はどんな職業の人でもサラリーマン化しており、大工さんも朝八時三十分から夕方五時までの勤めだとばかり思っていたから。

この猛暑の中、ホコリと汗にまみれて、一日中殆ど口も利かず、休憩は一服するだけで立ち上がる。筋金入りの職人とはこのような人の事なのかとただ恐れいるばかりである。

夕方西の山に夕日が傾く頃片付けにかかる。夏の夕暮れは遅く、漸く陽がかげった頃、その日の廃材をワゴン車に積んで帰路につく。それから廃材を畠で焼くのだそうだ。

今時こんな人もいるのかと、日が増すにつれて感心もし、恐縮もした。以後はお茶をていねいに入れるように心掛けて、仕事の状況を見てすぐ飲めるように温度などのお茶かげんに気を配り、私も一緒に付き合うようにして、時には紅茶にしたり、冷たい飲み物はとっておきの自家製梅酵素ドリンクを出したりして、一日五回位入れかえた。何より間食を一切しないのには助かった。

何も手伝うことのできない私は、相手の誠意に対して、精一杯の気配りで応えるしかないのである。

この頃には全部悪い所は壊して、修理というより新しく替えてもらうようおまかせする気になっていた。

そんな日が一月も続いたある日のこと、大方の仕事が進んで内装にかかり始めたとき、大工さんが指名した同じ町の工務店の職人さんだという、色黒でやせ形、髪はオールバックで長髪の背の高い人が来た。こちらから挨拶をしたが、ウンともスンとも言わない。クロス貼りは糊づけの工程があるので、お茶の時間を早めたりずらしたりしなければならない。

「どのくらいしたら手を休めますか」

相変わらず返事は返って来ないのだ。ひょっとするとこの人は外国人出稼ぎかもしれない。

それとも一時期日本に向かってやって来たベトナム難民？　そのような風采に見えたから。『きっと日本語がわからないのだろう』。私はそのように思いこんでしまい、言葉では言わずに手で合図したり動作で表現しようと努めた。

何日かしたある三時のお茶の時、和菓子を出したところ、

「ここは暑《ぬっ》かからわしは縁側の涼しかところで食べる」

と開聞アクセントで言ったのにはびっくりした。私はあぜんとした。

「あの人は日本人だったのですか」と言ってしまった。

大工さんは大笑いした。この何日かの私の奇妙な手振り身振りの態度にあのクロス貼り屋さんは〝こりゃなんじゃ〟と急に開聞独特の方言を発したのであろうか。

しばらくしてから大工さんは、

「良か仕事をする人は変わり者が多いですよ」

と又カラカラと笑った。

同じ町内の人でいい腕の持ち主であるが、変人だということで名が通っているらしい。

「大工さんもその部類ですか？」

と冗談を言いながら、これまでの経歴を聞かせてもらった。

彼は関西の大手の工務店に勤めていて定年退職してそのまま向こうに居たが、両親が病弱な

ので一昨年帰郷したそうだ。

店舗が専門だとか、そういえば扉や引き戸や棚などはもったいないくらいていねいでしゃれた作りだ。仕事をやり出すと施主のことは忘れて自分の納得のゆくまでやって、これまでにも赤字を出したことが何回かあったらしい。娘さんから度々「お父さんのは仕事か道楽かわからない」と言われていたそうだ。

大方内装も終わって、柱洗いの専門の人達が来て、柱、鴨居、桟、梁、縁側台所の床、床の間に洗剤をかけて機械で汚れを剥離して磨き上げたとき、想像以上に奇麗になったことを、作業をした本人は勿論のこと、大工さんもこれで一層仕上がりが良くなったとお互いの仕事をほめ合っていた。変わり者ながら立派な仕事をするクロス貼りの人等を含めて、こういうのを宗教的に言えば、同じ念の人が揃った、と言うのだろうか。

昨年の夏はいつまでも暑かった。七月の二十日頃から簡単な修理のつもりが、柱だけ残して全部を張り替えて大掛りになった工事は、十五夜が過ぎた頃終わった。

ボロ家だっただけに、大工さん自慢の造作は、知り合いの人達から会う度に、何時か見せてほしいと言われるほどの評判である。

壁も天井も建具も新品になって明るくなり、新築同様になった家を通りがかりの近所の人達は驚いている。

しかももっと驚いたのはその後だった。人と会う度に、

「大分かかったでしょう」と言われるのである。

「家一軒新築したようなものでしたね」

「マンションを買った方が安くついたのでは？」

それぞれの値踏みが寄せられる。私は恵比須さんのように微笑んで「まあね」とだけ答えている。

大工さんに支払いが済んだとき、

「こんとはおまんさあだけのネダンごあんでナ」と言われたことを思い出して…。

新築同様になった修理の費用は大工さんに〇百万円払ってお釣りをもらった。

これはここだけの話である。


「流域」

浮気心

行きつけの美容院は、一人一人の髪の質や好みがわかっているから、カットするとかパーマをかけるとかただそれだけ言えば事足りる。まだ勤めをしていた頃から、流行のヘアスタイルでなく私のカットにしてとか、髪型を変えないでとかうるさく言ってきたから、美容院の方もしっかり心得ている。それが行きつけの良い点である。

私はそこに長く行っているが、その行きつけを素通りしたくなる時がある。もう一つの私の「カット」があるのではなかろうか。例えばその人の性格や趣味を通して一層その人の雰囲気をひきたてるヘアスタイルがあるのでは？　洋髪なのだからモダンであってほしいが、楚々とした感じもいい。その楚々としたところにモダンさがあるのだが、若くもなくおしゃれ上手でもない私のような地味な雰囲気の者は、もう少しそれなりの特徴を出したり、補ったりしてもらったほうがいいのではないか、などなど…一人で理屈をこねて別の美容院に行ってみたくなった。

昨年の秋から今年の冬にかけてのことであった。そこを選んだのは、そこをかかりつけにしている人のカットを以前から見ていて、その人の個性に調和のとれたカットだと思っていたから。また美容師が女学校の後輩で私の性格などよく知っている筈だし、それに私より少しでも若い人だからである。

行ってみると、余計なおしゃべりをしないのが先ず気に入った。必要なことだけ聞いてその手早いこと。その上髪型もちょっと変わっていい感じである。

この次からこちらにしようと、行きつけを素通りした必死の覚悟などケロリと忘れていい気分でいたところ、一週間位して郵便局前で前の行きつけの所の人とバッタリ。

「アラ、どこか行っておられたの」

と言われてそのバツの悪いこと。申し訳ないという気持ちが先に立って、身の縮む思いがした。それ以上聞かれもしないのに、しばらく広島の友達のところに行っていてそこで、などとつまらない言い訳までして、自分からおまけまでつけてしまったようなものである。

私の髪なのだから、何処でどうしようが私の自由じゃないの。開き直って考えてみるけれど自分で何となく割り切れないのである。心の隅で何か悪い事をしたような思いが抜け切れない。

私の髪の毛はくせがなく伸びが早いので月一回のカットが必要である。二カ月も放っておくと「やつれたようだよ」とうるさく言う友達がいて、この頃のように三カ月も美容院へ行かないと、暑さや、髪の重たいのやらで始末にも困る。

いよいよ限界にきて、どうしようか、あっちにも行きたいし、行きつけにも悪いし、迷っているうち、やっぱり行きつけに来てしまった。

二十種類位の月刊誌、週刊誌の最新号が待合の棚に並んでおり、室内は模様替えがしてあり、季節感が出されていて変わらないセンスの良さにホッとした。いつもの鏡の前に座って心が落ち着いた。何年も座り馴れた場所である。

これはずい分前の話で時効ですよね。

「流域」

新しいページ

アネモネやチューリップが順番を待っていたかのように開花し始めた。

三月の終わりの日曜日、朝早く隣で慌ただしい車の音や人の出入りの声がして引っ越しが始まった。

「そろそろ転勤になるかも」とは一月位前本人から聞いたような気がするが、もうそんな頃かと驚いた。すぐ隣に住んでいながら、この程度の関心で申し訳ない。

当人にとっては、異動の発令が出ると短期間で引っ越しを済ませなければ後がつかえる。家中の大きな荷物を動かす作業は離島や県外、或いは外地勤務と遠いところであれば尚のこと急がなければならなくなり、それに子どもの転校や進学、地域とのかかわりなど直面する問題も出てきて、大変ではないかと思う。

隣は女の子二人。妹の方は、小学校の低学年ですんなりいったが、中学二年になるおねえちゃんの方は、

「私は小学校を三度も変わったのよ、中学校ぐらい同じ所に居させて」

とさんざんごねて説得するのに両親は骨がおれたらしい。

もう、六、七年も前のことだろうか。妹の方がやっと歩き始めた頃、学校の教員であるお母さんが転勤となり、二人の子どもを連れて指宿に赴任したということだ。そして会社員のお父さんだけが残って夫婦別居。慣れない赴任地で、小学校低学年の子と、二歳にもならない幼児を抱え、保育園に預けながらの母親の奮闘が今でも見えるようだ。それから三年して父親がこちらに転勤して来たときは、上の子は五年生、下の子は幼稚園だった。そしてまた今度であるが、夫婦が通える中間に家を探して、家族が揃って生活できるらしい。

大人たちは新しい土地への期待感がある。けれども子どもは暫くは不安と孤独を覚悟しなければならない。父親の栄転に「僕には関係ない」とソッポを向いたというどこかの進学年齢の子の気持ちもわかるような気がする。それでも子どもたちは災難を背負いながら時々立ち止まり足踏みしてでも乗り越えてゆくことだろう。

十時、出発の時間が来て川向こうの田圃が続く土手まで追いかけて、荷物を積んだトラックが見えなくなるまで見送った。

春は新しいページがめくられてゆく。私のページは手あかのついたそのままながらも、やはり皆と同じように、明日に向かって走りだしているのだろうか。土手下の休耕田に足を踏み入れるとその足元ですみれが微笑んでいた。

「流域」

鳥のおみやげ

師走に入った暖かい日だった。近くへの用事だったのでボツボツ歩いて行くと、他所の垣根越しに葉の落ちた木の梢に真っ赤な実が二つか三つ残っているのを見かけた。

木のてっぺんにしっかり収まっている柿は誰の手も届かない所で、太陽の温もりをいっぱい受けて見るからに美味しそうに光っていた。

『なりものは一つはお天道様にお返しするものだ』

子どものころ祖母たちから言われたことが思い出される。言われると余計に気になって、残された熟し柿を学校から帰っては、遊びから帰っては、木を見上げて確かめたものだった。

その頃は何処の屋敷にも四季折々の果物が植えてあったから、誰にでもそんな経験はあるようだ。

ところが、その柿がいつの間にか消えてなくなるのである。

「あんな高い所、誰が取ってしまうのだろう」

幼心に、不思議でならない事件であった。隣の背の高い男の子かな？　その子を恨めしく思うこともあった。

一つ残った柿は鳥が食べるのであり、とりもなおさず天に返すのだということを知らなかった。

我が家の小さな庭のクロガネモチは、今年も無数の実が木全体を被うようについている。それが色づき始めるとまず一羽のヒヨドリが、周りに気を配りながらチョコチョコ訪れる。いよいよ食べ頃になると、今度は仲間を大勢引き連れて来て、二、三日で一粒も残さず丸坊主にしてしまう。

全く一枝折って花瓶にさす間もない。後には柔らかい糞がそこかしこに散っていた。冬の到来者は真っ赤な御馳走をお腹一杯に満たして去って行く。

植えた記憶のない庭木が、いつの間にかぽっくりと出現している。自然発生?した万両も赤い実をつけだした。

鳥たちの心ばかりのお土産か、それとも御馳走のお礼なのか。新しく顔をのぞかせた木の芽に心わくわく。

今度は何の木をプレゼントしてくれたのだろう。

ところが今年は未だ赤い実が残っている。珍しいことだ。鳥たちにも何か都合があるらしい。

「流域」

犬とおしゃべり

夕方になると、犬と散歩している人が増えている。

犬に引きずられて小走りで付いて行く人、道路脇の草むらを嗅ぎ回って一向に前に進まない犬に、子どもをあやすように話しかけながらゆっくり付き合っている人、自分は自転車に乗ってひっぱり回している中学生もいる。

どこの犬も一日中犬小屋に繋がれているから、散歩の時だけは唯一解放感を味わう時間なのだろう。情緒不安定な犬は見かけないようだ。

曲がり角で犬同士、ばったり出会うのを見たことがある。お互いに道を譲ろうとしないのか、それとも何か話をしているのか、両方とも動かない。そんな時一体どんな言葉を交わすのだろう。

「やあ、変わりないか」

「この頃はオレ達の食事はすっかり手抜きされて、食生活が全く変わってしまったよナ」

「昔みたいに骨っぽいものが食いたいよナ」

などと言い合っているのかもしれない。

犬はもとは野生であった筈、それがいつの間にかペット化されてしまった。

友達の家に白の柴犬がいて「メル」と呼んでいる。

用事があって彼女の家に行ってみると、人のいる気配がない。

「Tちゃん」

と呼びながら玄関に着くと、メルが座敷から出て来て、立って前足でおいでおいでをしている。左右に尻尾をいっぱい振って如何にも嬉しそうだ。

「メルちゃん、留守番ね。皆何処へ行ったの」

と声をかけると、一層強く尻尾を振る。外から網戸越しに頭を撫でるしぐさをすると、キャンキャンいいながら跳びはねて喜んでいる。

このメルに用事が頼めたらなあ、とつぶやいて黙って帰ろうとしたら急に怒り出した。

「ウゥー、ウゥー」

その後は、

「ヒェーン、ヒェーン」

と、悲しそうな声を出してこちらの気を引こうとする。

「メルちゃんまた来るからね。おとなしく留守番するんだよ」

と言うと目を細めて舌なめずりをした。これが分かったということなのか、どうやら納得はしたようだ。

私は犬をもっともっと好きになりたいと思うのだが、どうしても好きになれないワケがある。しかしメルだけは自ら寄ってくるので別だけれど……。

我が家の門前に、散歩の途中バケツ一杯の水をひっくりかえしたように、沢山のオシッコとウンチをこれ見よがしに残して行く犬がいる。この頃では毎日のようにやってくる。

彼にとって我が庭先は、安心して気の休める場所なのか、それとも正反対なのか。私はそれが知りたい。

このワン君と近いうち友情を結んで、話し合って解決したいものである。

「流域」

タラの芽

数年前のことである。知り合って間もない知人からタラの芽を頂いたことがあった。開聞山麓に住んでいる彼女は、十年位前からタラの木を植えて、春になると芽を出荷している。選別した後の残品だからと言って「こんなの食べますか」と持って来てくれた。芽が十センチ位に伸び過ぎて葉が開いてしまったのや、小指位の発育不良のようなのが不揃いながらもビニール袋にぎっしり詰まっている。私一人で食べるには勿体ないくらいの貴重な品と量である。

「へえー、これがタラの芽ですか。どのようにして食べるのですか」

「和え物や炒め物にもいいし、天ぷらもおいしいですよ」

彼女の家では、早春の草木が芽吹く頃から収穫が始まる。五、六センチになったタラの芽を摘んで、五十グラムずつパックに詰めて飛行機で東京の市場に出荷する。手摘みなので収穫が限られ、こちらの市場に出す程の量は取れないとはいうものの、暖かくなって固いつぼみ（新芽）がほころびかけると、相手は何千本のタラの木である。日に日に芽が出て来て、油断すると小指の先位の芽でもすぐに葉が開いて、四、五十センチに伸びてしまう。成長が早いので摘むタイミングは、天候と体調にかかってきて、収穫期は目も血走ってくるそうだ。

山菜の王様とも言われているタラの木は、日本中どこでも自生しているらしく、愛好者達は野生のものを山に探しに行くらしい。

暖かいこの地方では、私は山菜といえばヨモギやつわぶきぐらいしか考えていないけれど、見回してみるといくらでもある。

北国の人達は風雪の時季が長い。冬の間は青物に飢えているのか、雪解けを待って山菜採りを楽しんでいるようである。しかもそれぞれに一番おいしい食べ方をいろいろ工夫しているとか。

長い冬の終わりに庭の雪解けのくぼみに、ふきのとうがそっと芽をのぞかせているのは、きっと感動的だろうと思う。

何日もかかって食べたタラの天ぷらは、程よい苦みがあって、独特な香りと風味があった。

あれ以来タラの芽には一度もご縁に授かっていないが、その季節になると人知れず舌なめずりをしたくなるのである。


「流域」

セイタカアワダチソウ

健康に気をつけている友人に、

「これからは週二日は運動をするように心掛けないと、急速に足が動かなくなる日が来るよ」と脅かされて、この頃時間をやり繰りして足のトレーニングのためにプールに通うことになった。

私の住む指宿から開聞町のプールまで三十分あまりかかるが、始めてみると水中歩行はなかなかよい。肩凝りはやわらぐし、足も軽くなる。プールに付設されている温泉に浸る楽しみもある。そこで思いがけない知人友人に出会うこともある。

でもそれ以上に季節の風を肌に感じながらのしばしのドライブが、最近の私のこの上ない楽しみになっている。

隣町の山川町から開聞町へと続く道は、広い畑の中の直線道路で、町境に関係なく同じ景色が延々と広がっている。

日本本土で一番早い春を迎える所であるが、今は、グラジオラスやグリンピースやネギ畑が続いている。種芋掘りが終わって次の作付け準備に耕している長い畑もある。

畑の土手には、ところどころ小さく一塊に咲いている黄色い花を見かける。広い平野で花は吹きさらしにされているが、花の色や形からして私が以前から知っている『セイタカアワダチソウ』そっくりである。それならもっと丈が高くて地下茎のすごい繁殖力を持っている植物なのに、遠慮がちに一握りぐらいずつところどころに固まっている。

私は近ごろこの花に心引かれてならない。地上を席巻していたたくましい花が、ひとまわりもふたまわりも小さくなって風になぶられている。それはさながら盛りのときをはるかに過ぎて老境近くさしかかった人の姿そのもののようである。

セイタカアワダチソウは、外にも切り花用としてカナダアキノキリンソウという種類もあるらしい。どちらも北アメリカが原産地で、観賞用として戦前にいくらか日本に持ち込まれていたらしいが、戦後急速に広がった。

荒れ地は黄色一色に彩られて美しく、お墓の花として長持ちするし『秋を生ける』生け花の花材にはよく使われて重宝がられたものだった。

しかし花粉症の原因になると世間で騒がれてから出番を失って、いつの間にか姿を消してしまっていた。

今また因果関係はないのだと学問的に解明されているが、運命に揺れて生き残った土手の花がまばらであるだけに、幾多の試練をくぐり抜けた命を、互いに寄り添わせて生きている人々のように見えて仕方がない。

私が子どもの頃、綿入れ半纏を着てひなたぼっこをしている近所のおばあさん達をよく見かけたものだった。おばあさんは孫の守りをしながら、そこらあたりで遊んでいる子ども達にいろんな話をしてくれた。地獄・極楽の話、幽霊の話など…。そんな人達を見かけなくなって久しい。

私が二十代の終わりに、寝たきりだった祖母と過ごした家の庭にも、夏から秋にかけて私の背丈よりも高いセイタカアワダチソウが、毎年鮮やかな黄色い泡粒状の花をいっぱいつけて咲いていた。

人々の様々な思いに翻弄されながら、それでもしっかり生き抜いているいとしい花である。

「流域」

八　夢がかなって

図書館に行けば

清野君が突然訪ねて来てくれたのは今から四年前の夏だった。

定年退職して久し振りに帰省したので、図書館に私を訪ねて行ったら、

「もう退職されました」

と言われた。途方にくれていると、職員がていねいに地図を書いてここを教えてくれたのだそうだ。

「元気じゃったな」。何十年振りに見る人懐っこい笑顔は学生のときのままである。

彼は鹿児島の大学を卒業して東京の証券会社に就職した。阪神・北九州等転勤を重ね、最後は東京本社に戻されて、そこで定年退職し、今はさいたま市に居を構えて住んでいる事など、かいつまんで話してくれた。

「図書館に行けばいつでも会えると思っていたから、退職したと聞いてがっかりしたけど、こうして会えて良かった」

と重ねて言う。

清野君は、大学卒業と同時に東京へ出て行ったので、それっきり会うことは無かった。

戦後、指宿に図書館ができたとき、清野君達は中学一年か二年生だった。当時から私は図書館に勤務していたのだから、清野君達が定年を迎えたのに、私が未だ勤めているはずはないでしょうと言うと「そいぢゃな」と二人して大笑いになった。

実に四十数年ぶりの再会であった。

数日して清野君からまた、連絡があった。当時図書館に入りびたっていた人達が、食事会をしようと言っているという。早速話がまとまって、秋元君宅が広いからそこですることになった。

仕出し弁当を頼む人、つまみのオードブルを用意する人、飲物を揃える人、皆男性ばかりなのに得意分野があるのか、それともかかりつけを持っているのか、なかなか手慣れたものである。

当日は市内に居住していて都合のつく人、八人が集まった。一学年前後してはいるが同級生のようなもの、中学、高校、大学までの図書館常連客である。

その頃図書館は県の揖宿地区農業改良普及所内にあって自前の本はなく、県立図書館から貸出文庫を二百冊借りて来ての運営だったので、二キロ位離れている中学校から学校帰りに来ても、近くの小学校の子ども達や、高校生が借りて行ったあとで、書棚には大人の本がいくらか残っている程度だった。それでもひんぱんに通って来ていた。

食事をしながら、飲みながら、現況報告になって、話は自然と当時の図書館のことになってくる。

大半は教育学部に進んで、それぞれ小学校、中学校、高校の教師になっていた。高校を退職してから中国の師範大学に日本語を教えに行っているという前園君は丁度今、新学期前の休暇で帰国している時だった。その彼が私の側に来て、僕は今だに気になっていることがあると言い出した。

中学生になったとき、図書館ができたと聞いて、学校帰りに遠回りして行ってみた。真っ直ぐ帰れば半分道なのに、である。行ってみると自分達が借りられるような本は皆貸し出されていて、何もなかった。仕方なく字が小さくて少しむずかしそうな本だと思ったが、林芙美子の『放浪記』を借りて帰った。それしか残っていなかったから。読むか読まないかは別として、何か借りないと格好悪いと思ったそうである。

借りることに意義ありとばかりに……。

明くる日学校に持って行って休み時間に読み始めてみると面白くなってきた。授業時間にも机の下に置いて読み耽っていると、遂に先生に見つかってしまい、取り上げられてしまった。大人の本だっただけに一層後ろめたさがあった。

その後あの本はどうなったか、先生に返して貰って図書館に持って行ったかどうか、覚えていない。その辺りが未だに思い出せないでいる、と前園君は首をひねる。

言われてみれば『放浪記』だけが一向に返却されて来ないので、県立図書館の貸出文庫に借り継ぎの手続きをしたことをかすかに思い出した。前園君だったのかは覚えていないが、それからもずっと図書館に出入りしていたところを見ると、多分処理が済んだのだろうと思う。

小学校の教師になった忠生君は、大学時代、リポートは人のいい孝治君に書かせて、自分は扇屋に家庭教師のアルバイトに行っていた。

鹿児島市の納屋通りにある扇屋は甘いもの屋で名の通ったお店である。

忠生君は「そこでお茶菓子に饅頭が出たら食べずに、マドンナに持って来ようと思っていたのだけれど、出してくれたのはぜんざいばっかいじゃった」と言っている。

「マドンナって誰ね」

私が聞くと皆ワァッと笑い出した。マドンナとは、私のあだ名だったそうである。知らなかった。

清野君のエピソードがまた面白い。

あの頃の大学生は鹿児島まではほとんどの人が汽車通学していた。詰襟の学生服に下駄履きである。授業料は七百円、電車が十五円、素うどん一杯十五円の時代、奨学金を三千円から五千円受けて、地方の人達は二時間近くかかって通学していたのである。

清野君は或る日、早い時間に学校から帰り二月田駅から真っ直ぐ図書館にやって来た。彼等が大学生になった頃は図書館も前より広い館に移転して蔵書も増えていた。床は板張りだったので履きものは脱いで貰っていた。

皆静かに読書しているところに下駄のままガタガタ音たてて入って来た学生がいた。清野君が脱ぐように注意したところ反発してきた。

「何《なん》ちよ」「脱がんかっ」「わいがないごっか」両方で言い争っている中に庭に出ようということになった。図書館の庭じゃまずい。少し先の九玉神杜の境内で二人とも下駄を脱いで上着も脱いで取っ組み合いのけんかが始まった。

清野君は高校の時から柔道・空手をやっている。相手は大学でボクシングをやっており、どちらも負けられないのである。

やっつけたりやられたり、この騒ぎを聞きつけて、すぐ近くの鍛冶屋のおじさんが鉄の棒を持ってやって来た。おじさんの顔や腕は赤鬼のようにやけている。

「コラッ、ワイ達ゃ何をしちょっとこいか」

大声で一喝して、鉄の棒で地面をトントンと突いたのには、二人共びっくりした。

私も鍛冶屋のおじさんはよく覚えている。髪は赤茶けていて赤銅色の顔、腕、上半身裸でその辺りを歩いているのをよく見かけた。ごつい体つき、あの姿を見ただけで清野君達はおったまげたのだそうだ。けんかは即時解散になった。

話を聞いていて、大学生といえども未だ子どもだったのだなぁ、と思わず吹き出してしまった。しかし正義感あり、熱血あり、読書もいっぱいしたし、閲覧に来ていた大人達を交えて議論もした。そんな彼等の若き日を私はしっかり見てきて自身も勉強させられた。

前園君は休暇が終わったらまた中国の師範大学へ帰るのだそうだ。

「皆で中国に来てくれんな。学生が日本語で話したがっているから」と言う。

その時は私も是非行きたい。日本の民話絵本を持参して、中国語でも読めるようになっていよう。そう思ったものである。

清野君が、長野の蓼科高原に別荘を持っているから皆出て来ないかと声をかけていた。

毎年十月に「東京指宿会」というのが東京で開催され、指宿から市長始め一般の人も上京して出席するので、その時誰か東京まで大吉さんを連れて来てくれないかと頼んでいた。

もし長野に行けたら、夭折画家の絵が展示してある「信濃デッサン館」や、戦没画学生の遺作品が収蔵されている「無言館」を訪ねて、鑑賞したいとかねがね思っていたので、話が出た途端に心は躍りだした。どうかその日がやって来ますようにと手を合わせた。

それは二カ月後に実現するのであるが……。

思うに、あの頃の学生は、本が未だ出回らない時代だったせいか、それとも、何だったのだろうか、図書館が心のよりどころだったような気がする。県外の大学に進学した人達も休暇に帰省すると、必ず図書館に顔を出していた。誰が帰省しているかは図書館に行けばわかるとまで言われていた程であった。

私は図書館勤務をしていて一年一年成長してゆく学生達からも多くを学ばせてもらってきている。

図書館での仕事は私の生きがいにまでなり、退職して二十年近くになるのに、なお数々の交流をもたらしてくれる。本当に充実した職業生活であった。

「流域」

「無言館」を訪ねて

「無言館」を訪れたのは、四年前の十月半ば、秋の始まりの頃であった。東信州、長野県上田市郊外、山王山の頂付近に建てられたその庭から、広々とした塩田平が見下ろされ、もうしばらくすると、一面に茜色のジュータンが敷きつめられたような見事な紅葉を楽しませてくれる景勝地なのだそうだ。

「無言館」とは、その命名から推察されるように日中戦争・太平洋戦争での戦没画学生の遺作を収集、展示する美術館なのである。私は書物や人の話で興味を持ち、ずっと以前から是非行ってみたいと思っていた所だったので、今回、知人の信州への招待を機にやっと望みが叶うことになったのである。

指宿を発つ時、台風の発生もあり、気象図の配置が気になったのだが、帰ってくるまでは大丈夫だろうということで出発した。鹿児島から羽田を経て埼玉の清野君と合流し、二日分の食料等を彼の自家用車に積み込み、四人で一路蓼科高原へと向かった。二時間程かかって彼の別荘に着いた時には陽はとっぷり暮れていた。

懐中電灯の明りで、水道・ガスの元栓を開け・配電盤のブレーカーを上げると、パッと明るくなりやっと長野に着いたという安堵の思いがした。しかしまだまだ落ち着けるわけではない。早速掃除、食事の用意、ストーブ、風呂の準備を四人で分担してとりかかり、漸く夕食となり、旅の一日が過ぎていった。

翌日は私の念願が叶う日である。夜半から台風の影響か、風雨のざわめきに眠りを邪魔されて、山道のドライブのことも不安になり、朝の天気が気がかりであった。

翌朝幸い風は穏やかになっていたが、低く黒い雲が走っていて、今にも雨が降り出しそうな空模様である。清野君が管理事務所に問い合わせると、上高地は昨夜の嵐で途中通行止めになっているとのこと。同行の秋元さんの望みは叶わなくなったが、「信濃デッサン館」「無言館」方面は何とか行けるということであった。

まずは「信濃デッサン館」へ。蓼科高原を下りて上田市へ向かうのであるが、風雨にさらされた山道は思いの外時間がかかった。

上田市塩田平に一九七九年に開館したこの美術館は、大正から戦前に夭折した画家村山槐多・関根正二・野田英夫・松元竣介などのデッサンを収蔵している美術館である。

館主の窪島誠一郎氏が絵に興味を持っており、画商などをしていたことから、若くして亡くなった画家の作品に出逢い、のめり込むようになったのだろうか。

「無言館」は「信濃デッサン館」の東隣に、一九九七年に分館として建てられた。三年後には同敷地内に収蔵庫として「時の庫《くら》」を建設、昨年九月には「オリーブの読書館」を増設して「無言館」の第二展示場が開館した。ここに戦没画学生百余名、六百点もの画が全部展示されている。

「無言館」に着いた時は昼前で雨が降りだしていた。車から下りて山王山の坂道を上って行くと、コンクリート打ち放しの、屋根はスレート葺きで、百坪程のヨーロッパの修道院を思わせるような建物が見えてきた。木の扉を押して中に入ると、薄暗いヒンヤリとした館内の入り口に近い壁に、館主・窪島誠一郎氏（実父は故水上勉氏）のあいさつが書いてある。

戦後日本の歴史から、誰からも顧みられることなく長い間放置され黙殺されてきた画学生達の絵は、現代に生きている人達に言うべき言葉を失ってきた。戦後五十余年のなかで、ただ沈黙を通すしかなかったのだ。

自分達も又、それに応えることもなく過ごしてきたと思うと、かれらのスケッチ帖にきざまれた青春に対して涙を流すだけ、一言も言葉が出てこない。ただ無言である。

（窪島誠一郎氏の文章より抜粋）

このような内容だったと思う。これを読んでしばらくは先へ進めなかった。

展示されている絵を見て回っている中、種子島出身の日高安典氏の絵を見つけた。裸婦のモデルは恋人だろうか。出征して行く日、外では日の丸の小旗を持って集っている人々の歓送の声がしている、そんな中で「あと十分、あと五分この絵を描かせてほしい。帰って来たら続きを描くから」と断ち難い思いを残して出征して行ったという。

展示されている絵には一人ひとりの出身地や、生年月日、家族のこと、戦死したところなどの解説が詳しく書かれている。絵と絵の空間には窪島氏の詩が挿入されていて、無言の痛みが感じられる。

一節を記す。

遠い見知らぬ異国で死んだ画学生よ
私はあなたを知らない
知っているのはあなたが遺したたった一枚の絵だ
その絵に刻まれたかけがえのないあなたの生命の時間だけだ

どうか恨まないでほしい
どうか咽《なか》ないでほしい
愚かな私たちがあなたがあれ程私たちに告げたかった言葉に
今ようやく五十年も経ってたどりついたことを
どうか許してほしい
五十年を生きた私たちのだれもが
これまで一度として
あなたの絵のせつない叫びに耳を傾けなかったことを

（窪島誠一郎著『戦没画学生「祈りの絵」第二集』より抜粋）

雨の日にもかかわらず館内には観覧者が他にもいたが、話し声一つしない。けれどもかすかなすすり泣きの声が聞こえてきた。遺族の方達だろうか。それとも知り合いの人の名前をみつけたのだろうか。

ガラスケースの中に戦地から家族に送った葉書が陳列してある。現地の風景や一語一語の言葉がせつなく哀しく見える。戦地でこれを書く時はどんな思いだっただろう。

すばらしい才能を持って北海道から或いは鹿児島から入学して来た画学生、地方から東京の美大に入ることは、才能は勿論のこと経済的にもたいへんなことなのに、途中で将来の夢も希望も断ち切られ繰り上げ卒業させられて、いやおうなしに戦場に駆り出された。そして、戦死。

生きていたらきっと日本の画壇を背負って立つ画家になっただろうに。

一つ一つの絵の何も言わないひたむきさが心にじわじわと沁みこんできたのだった。

「流域」

夢がかなって

平成十六年五月「憧れのパリ旅行」が実現して、今もあの旅で目にした風景や建物などが頭から離れず、一日何度も思い出している。

芸術の都パリは「天井のない博物館」と言われるように、重厚な石の建築物は、門や丸い大きな柱や窓枠に至るまで一杯彫刻がなされていて、バスの中から、感嘆のあまり声も出ないまま見とれてしまった。

パリの建築には高さ規制があるとかで、周りとの調和を考えて造られたであろうセーヌ川沿いの裁判所や、病院、寺院など、すべて建てられた時代を偲ばせる古い彫刻には、歴史の重みを感じさせられた。

フランス革命がもたらした社会的共有財産の一つであるルーブル美術館と、ルイ十四世の栄華を象徴する豪華なヴェルサイユ宮殿は建物そのものが美術品で、中はとてつもなく広く、壁一面の綴れ織りの絵画は、天井まで貼られていて、規模の大きさと言い、収蔵品の多さと言い、通りがかりのような見学ではとうてい鑑賞し尽くせるものではなかった。

私はこの二か所を思いがけなく今、自治体国際化協会パリ事務所に、指宿市役所から出向している上川床聡所長補佐の特別な配慮で、車椅子で館内を観て回ることができた。出発前は、広い所の見学は無理だなあと半ば諦めていた。車椅子もその日でないと借りられるかどうか分からないし、現地で付き添ってくれる人への謝礼などの件もあるから難しいと言われていた。しかしこの方のお陰で、車椅子でしかも説明までしてもらいながらの案内に感激しながら回った。「モナリザ」の絵の前に佇んだ時、一層心にしみた。

彫刻で固めた豪華な建築物が建ち並ぶセーヌ川岸の歩道には、長屋のような小さな屋台が立ち並び、古書や絵葉書、版画などを売る古本屋が続いている。豪華建築物と屋台の取り合わせはむしろセーヌの風物詩となっており、フランス人の気取らない国民性を垣間見たような気がした。

郊外に行くと、広い平坦な土地は麦畑やぶどう畑となって地平線まで続いている。その中で視野を遮るものは、はるか向こうの教会の尖塔だけである。とにかく広い。

ロワール地方の川の流域に建っているシャトウ、シャンボール城では、何処から来たのか、小学校低学年の団体見学もあり、その子たちに黒頭巾を被ったアラビアンナイトに出て来るような男の人が、身振り手振りで「お話」をしていた。ヨーロッパでは、プロのストーリーテラー（物語を話す人）は職業として成り立つと聞いていた。物見遊山に終わらない教育的配慮を大切にするお国柄に感心した。

今回の旅行はとても無理だろうと思っていたが、お誘いの声をかけてもらい、皆さんの温かいお心遣いや貴重な手助けをいただいて参加することができた。厚くお礼申し上げます。

メルシイ　ボウク　ボウク。（ありがとうございました）

「指宿市民研修の翼『憧れのパリ七日間』」平成一六年六月発行

私の宝物

備前焼の壺が不思議な縁で手に入った。

十年程前知り合った読書ボランティア仲間のMさんは、地方から鹿児島市まで出掛けて行く私達に、度々ねぎらいの言葉をかけてくれていた。

彼女は子どもの本に詳しくて、絵本を隈無く集めており、それらを家庭文庫として地域に開放もしていた。

いつの頃からか西陵のMさんの自宅にお邪魔するようになったある日、座敷一面に焼き物が並べてあった。岡山の窯元から直接送ってきたのだという。

実用陶器類の大皿小皿・小鉢茶器・一輪挿しなど皆注文品で希望に応じて焼いてもらったものだそうだ。何点かは既に注文した人が持ち帰っていたが、それでもまだたくさん残っていた。

これを世話するMさんは、岡山県長船の出身でS窯とは二十年来のお付き合い。商社マンのご主人の転勤で鹿児島に来てから、知り合いになった人達に紹介して、皆から頼まれて焼いてもらっているうち、窯元の特別な計らいで、とりわけ安い値で手に入るようになり、希望する人が増えてきた。

彼女の話によると、窯元S氏は備前窯元六姓森家の家系に生まれ、お父様の竹山に師事して、昭和四十八年から作陶を始めた。四十九年には日本伝統工芸中国展に出展して初入選し、東京で度々個展を開き日本伝統工芸展では連続入選して、日本工芸理事賞などの受賞にも恵まれたりしていたが、あるときから陶芸展に出展することを一切止めて、ただ一途に自分の納得するものを創ろうと決め、それを「気に入って買ってくれる人にゆずりたい。今は名声はいらないのだ。名は五百年後に残ればよい」という生き方に変えたとか。それに同調したMさんが、自分が鹿児島にいる間、一人でも多くの人に備前焼を知ってもらい、窯元の意を汲んでお皿一枚でも永く使って貰えたら、と協力しているとのことだ。

Mさんから S窯の講釈を聞きながら、座敷に並べてある備前焼の一つ一つを見直していると丁度そのとき、三十センチくらいの筒型の壺が返品されて来た。理由を聞くと、「水を入れると漏るので花を挿すことができない」という。

灰かぶりのどっしりした壺は、特別に焼いてもらったのだと言われるだけに、Mさんの表情が強ばってきた。試しに水を入れて暫くすると、表面がじわっと濡れたようににじんでくるだけで、濡れるということではないようだ。不良品とでも思ったのだろうか。

私はMさんにおもむろに聞いてみた。

「それで、これはどうするつもり？」

他の皿や小鉢などの小物と違って、壺の価値はさておき八万円は金額が大きいから、読書ボランティア（文庫の会）仲間の若いお母さん達の中で新たな買い手を探すのは難しい…。

Mさんは事情を話して送り返すと言い出した。

「これを返してしまうの？　惜しい」と私。

いつだったかデパートの陶芸展で、窯元はS窯ではなかったけれど、備前焼は私の手の届かない値が付いていたことが思い出された。そしてしばらく壺をじぃーっと見ていた。私にはまだ備前焼のことは良くわからないけれど、この壺にクレームをつけて返品したら、窯元はどんな思いをするだろうか。

名声を捨て、ひたすら壺創りに専念している人だけに、遠くにいるMさんの知り合いだからと精根込めて土をこね、高い割木を買って何日も焼いたことだろうと思うと、何ともやりきれない気持ちになってきた。

この壺の運命はどうなるのだろう。

割って捨てられる？　まさか。

Mさん自身も窯元に対して申し訳がたたないのではないか。私の頭の中で色々なことが巡り出した。

しばらく考えてから、心を決めた。

「Mさんこの壺私に譲ってくれない？」

彼女の表情が一変して明るくなった。

「ほんと？　だったら四万円で買って」

「何で貴女が勝手に半額に決めるの」

八万円そのままでいいのだから、でも今日は手持ちがないので、帰って明日にでも送金すると約束して、私は窯元手書きの木箱に壺を納めて持ち帰った。

夕暮れ時の車の多い時間帯、運転に気をつけながら二時間近くかかって家に着いた時、先ほどのMさんから電話がかかってきた。

「あれからすぐ岡山の窯元に電話して貴女のことを話したら『その壺の代金はいりません。その方に差し上げてください』と言われたよ」

私はびっくりして「本当ですか」とうろたえてしまった。こんな立派なものをただで頂くわけにはいかないと、固く辞退したが、しかしよく考えてみて窯元とMさんの折角の好意に甘えることにした。

水は一週間もしたらにじまなくなるとの説明通り、三日で止まった。それでも止まらない時は重湯を入れて暫く置くといいですよと言われたそうだけど必要はなかった。

床の間に置いて改めてよく見ると、濃淡の灰かぶりのところどころに梅色がにじんでいて、花を生けるには勿体ないほどだ。

備前焼は、野の花でも小菊一輪でも投げ入れにすると、花を引き立たせてくれて壺は控えめになると言われている。花を生けなくとも、壺そのものに存在感があって、素朴さはかえって周りを落ち着かせてくれる幽玄無比の輝きを秘めている。

千年の歴史があり、釉薬を使わずに土味に火力だけで模様が出てくるのには、火加減と窯のどこに壺を置くかで決まってくるそうだ。

何百年か後に評価されるものを焼きたいと言っている窯元Sさんの心が込められたその一つの壺は、今私の家で厳然として大黒柱にも似た雰囲気をかもしだしている。

窯元のすばらしい心意気と粋な計らい、幸運な巡り合わせに感謝しつつ、大切な宝物となった備前焼のうれしい由来をかみしめている。

「流域」

「控え目に」学んだ深い意味

汗がジリジリにじみ出てくる夏期スクーリング会場、千人ほどの通信生を前に学長のあいさつが始まった。

「皆さんはこの暑い中、いろいろな事情を押し切って全国から出席されました。短い期間ですが、たくさんのことを学んでください。そのために、何事も控え目にしてください。そうでないと周りの人の良いものが見えてきません。このことをしっかり頭において五十日間勉強してください」

え、「積極的に」でなく「控え目に」？

しかしこの言葉は、なぜか私の心を強烈にゆさぶり、それからの私の生き方を力強く支えてくれたのである。

私は戦争中に女学校時代を過ごしている。入学して二カ月で制服をモンペに着替えて、飛行場作りや農家の手伝いなどの勤労奉仕に明け暮れた。上級生は県外の軍需工場へ挺身隊として学徒動員されて行ったので、授業はほとんど行われなかった。

ようやく戦争が終わり、学校を卒業して幸いにも就職できた。図書館の司書という仕事である。だが、すぐに数年間のブランクのツケが回ってきた。大事な時期に基礎勉強は何もしていない。

世の中には、こんなにも多くの学問があり、無限大の知識が星の数以上にちりばめられているのに、それを知らないままに大人になってしまったというショック。

職場では戸惑うことばかり。これでは社会人としてもおぼつかない。私はあわてた。近くの高校にお願いして放課後学習させてもらったり、身近な先輩に教えを請うたり、県外の長期研修にもどん欲に参加させてもらったりして、遅れをとり戻すのに必死な日々を過ごしていた。

そんな中で、この言葉に出会ったのである。もう三十半ばになっていた。

それまでは「積極的」「努力」「一生懸命」が私の信念にかなう言葉であった。しかしその言葉の陰で、もっと知り得ていたはずのものが見えなくなっていたのかもしれない。人の教えが自分のものになるまでには、咀嚼したり味わったり、かみしめたりする時間が必要であろう。そんな余裕がなかったような気がする。

せっかくすばらしい先生についても、受け入れる自分の器が小さければ理解することもできず、とてももったいないことである。あわててもしようがないのである。

「じっくりと学ぶ」「謙虚に学ぶ」という姿勢を貫き、自分の無知や弱点にちゅうちょすることなく教えを求めたとき、納得のいく習得ができるものだということがわかってきた。

「控え目」は「消極的」という意味ではなく「心を開いて私心なくすべてを受け入れる」という学ぶ姿勢であることを教えてくれた。深い意味の上代タノ学長の言葉であった。

『心にしみるいい話』第十集「恩師」

ひとあしひとあし

『おはなし会』を始めてから六年になるが、図書館で子ども達に絵本の読み聞かせをしていたことも合わせると三十年になろうとしている。

私は跳んだりはねたり、一緒に遊ぶことは苦手だが、公民館で月一回のおはなし会を開いて、今ではすっかりこの事にのめりこんでいる。

子ども達の日常生活にありがちなことで本の内容と関係のあることを、前もって話してから絵本を広げると、子ども達の目がパッと輝く。

物語を読み進めていくと、肩を震わして笑いをこらえている子、思わず声をあげる子、口をあけっぱなしの子などに気づく。そんな姿から、子ども達が絵本の世界へ引き込まれているなあと思うと、私の方もやる気が出てくる。

いつだったか、幼い子どもが、

「おばちゃん、子どもの時ご飯をたくさん食べなかったの?」

と聞いて来た。私は自分の体のことはすっかり忘れていたが、大人にしては小柄であるのを危惧してくれていたことが分かり、心が和んだ。その子は優しい心遣いから、私の足の不自由なことには一言も触れてこなかった。

「そうよ、おばさんの子どもの頃はね、絵本の中の十一匹のねこのように兄弟が多くて、食べ物が足りなくて少ししか食べられなかったのよ」と冗談を言った。

ある日の会で、親子で紙芝居をしてもらうことにした。

「今日は信ちゃんが読むんだってね」

と遊び仲間がぞろぞろ付いてきて、準備しておいた手描きの絵入りプログラムが足りなくなってあわてたことがあった。子ども達にとっては身近な人が読むのがいいらしい。

おかあさんが読み手だったらなおいいと言われる。そんな考え方に基づいて、椋鳩十先生は『親子二十分間読書運動』なるものを考えられ推進してきたのだろう。

初期のころ、図書館に勤務していた関係で、私もこの運動に携わっていた。

私の絵本の話を聞いていた子ども達はもう成人してその子どもがまた話を聞きにくることもある。親子二代にわたってだから何百人になるだろうか。私にとっては孫のように思えて、自分の子どもはなくとも、かえってたくさんの子どもや孫に恵まれ幸せな気分に浸れるのである。

今、話を聞きにきているこの子達が親になり、その子ども達が来る日までも、おはなし会を続けていきたい。

先月は『ひとあしひとあし』の絵本の読み聞かせをした。

緑色の尺取り虫が、鳥に食べられそうになったり、色々な難題を持ちかけられたりするが、
保護色に守られたり、機転の効いた答えで防いだりして、逃げ延びるという話だった。

子ども達は小さな虫の行く末を案じながら、手を握り締めて聞いていた。終わると、美味しいお菓子をお腹一杯食べた後のように、にこっとして帰って行った。

『おはなし会』はメンバーの都合もあって、スムーズに続けられてきたわけではなかったが、子ども達の笑顔に支えられて、これからも『ひとあしひとあし』と続けて進んで行く。

「朝のとっておき」ＭＢＣラジオ

あとがき

友人のKさんが、鹿児島市からお見舞いに訪ねてきてくれたのは何年前になるだろうか。長野への旅行中に大腿骨を骨折してしまい、入院ついでに、以前から悪化してきていた両方の股関節の人工骨置換手術も思いきって受けた。その後、霧島のリハビリセンターに転院し、三カ月の治療を終えてようやく指宿の自宅に戻ってきた。

不自由な身での一人暮らし、それまでと違い家事も歩行器でうろうろ。疲労こんぱいの日々に肉体的にも精神的にも参ってしまっていた。

Kさんはそんな私におかまいなく、

「さあ、元気を出して。今まで書きためていたエッセーを、少しずつでも整理していこうよ」

と、埃の被ったダンボール箱を物置から出してきた。本棚や引き出しからも引っぱり出して部屋中に広げてから、次々と仕分けていった。

中には下書きだけで終わったものや、書いてはみたものの、あまりにも幼稚な作品に思えて破いておけばよかったと思うものもある。果たして本にできるような原稿があるだろうか。

入院する前、相星先生も「本をだしなさいよ」と勧めて下さってはいたが、何しろ手術後はどうなるかもわからず、本どころではなかったのである。

後日Kさんは、私のこれまでの全ての原稿を、ワープロで打って持ってきてくれた。二百枚近いずっしりと重みのある束は、私が書いた文とは思えないほど、体裁の整ったものだった。

この中に、私のこれまでの人生や喜怒哀楽、そして生き様が詰まっているのだと思うと、我が分身のようにいとおしく思えてくる。


私は幼い頃から股関節に障害を持っていた。六歳のころ、母は実家である指宿に私を連れて来て、そのまま置き去りにして神戸へ帰ってしまった。私はこの母に不信感を抱き続けてきたが、今にして思えば温泉治療をさせたかったのではないだろうか。

いぶすき女学校を卒業して、創設準備中の町立図書館に就職し、その図書館一筋に勤め上げることができたことは、私にしてみれば至福の喜びであり、人生の宝のように思えてくる。

学校が終わると図書館に息せき切って飛び込んでくる子どもたち。

戦後の貧しい時代、親達は夜遅くまで目一杯働くので、子どもたちは親とおしゃべりなどできない。話し相手がいる図書館は、子どもたちにとって安心して過ごせるところだったに違いない。彼らは成長して大学や就職で県外に出ても、帰省すると必ず図書館を訪ねてくる。

時代は移り、対外図書館活動が注目され始め、読書会や講演会が数多く開催されるようになった。その度に専門の先生方が来られ、地元の指宿でも読書グループの人達に動員をお願いし、いつも快く引き受けていただいた。特に地元新聞社指宿支局の方、校区公民館長、学校の先生方、他の地域活性化グループの方々など、特技や専門分野での協力は、本当にありがたいことだった。

私自身は仕事の関係上、すばらしい方々とお会いできて、諸所のご指導をいただいた。

また機会を得て研さんのために県内外の研修に出かけて、他館の仲間たちとの交流にも積極的に参加した。

約四十年の図書館勤務を経て思うに、体力の乏しい私には、心身疲れるかなり厳しい職場ではあったが、企画力や想像力が絶えず試され、実践後には手応えが充分返ってくる、やりがいのある楽しい仕事であった。

現在退職して二十数年になるが、在職中に学習した様々なことが、文章を書くという趣味につながっている。

しかしこの十年は、病院に入退院しながら足の治療にかかっているけれど……。

この本を出版するに当たって、先ずは永きに亘ってご指導下さった相星雅子先生、高城書房さんに心から感謝の意を表したいと思います。

そして表紙絵を描いて下さった日本画家の長沼由子先生、素敵な絵をありがとうございました。

また、Kさんはじめ多くの先輩や友人に、良きアドバイスや励ましのお言葉をいただきました。そのすべての人に厚く御礼もうしあげます。

著者

自宅にて

大吉訓代（おおよし みちよ　本名　通子 みちこ）

1930年　横浜市で生まれる。
1934年　父の転勤により堺市を経て神戸市に移り住む。
1936年　指宿の祖父が亡くなり一家で帰郷。そのまま一人指宿に残される。
1937年　指宿町立柳田小学校に入学。
1943年　県立指宿高等女学校に入学。
1948年　県立指宿高等女学校五年卒業と同時に学制改革により指宿高校三年に編入。翌年卒業。
1949年　創設の指宿町立図書館に採用される。
1950年　鹿児島県立図書館にて依託生として長期研修を受ける。
1955年　九州大学で司書資格を修得する。
1963年　日本女子大通信教育を受ける。
1970年　指宿山川文学同好会の会員となる。
1978年　日本図書館協会主催の北欧四ヶ国（スエーデン、デンマーク、フィンランド、ノルウェー）の図書館視察に参加。
1987年　児童図書館員養成講座の長期研修を東京で受講。
1990年　定年退職。
1991年　有志の親子読書会母親達と柳田校区公民館を拠点として子ども読書ボランティアにかかわる。

受賞歴
1969年　九州地区市町村図書館連絡協議会より表彰を受ける。（地方の文化教育の発展）
1971年　日本図書館協会から表彰を受ける。（後進の育成）
1982年　日本図書館協会から表彰を受ける。（図書館の発展振興）
1992年　日本図書館協会から表彰を受ける。（図書館の発展振興）

お変わりありませんか

2015年8月10日第1刷発行

著　者　　大吉　訓代
発行者　　寺尾政一郎
発行所　　株式会社　高城書房
鹿児島市小原町32-13
TEL099-260-0554
振替02020-0-30929
HP http://www.takisyobou.co.jp
印刷所　　大同印刷株式会社

ISBN978-4-88777-154-3 C0095